가장 소중한 존재는
자기 자신, 바로 당신입니다.

— 현

나에게
먼저

좋은
사람이

되기로
했다

윤설
에세이

나에게
먼저

좋은
사람이

되기로
했다

달콤북스

살다 보면 자신의 진짜 모습이 기억나지 않을 때가 있다. 사람들에게 무작정 좋은 사람으로 보여야 한다는 심리적 압박감으로 인해 수많은 가면을 쓰고 살면서 자기 감정을 숨기는 것이 습관이 된 까닭이다.

사람들과의 원만한 인간관계를 쌓기 위해 좋아하는 것을 좋아한다고 말하지 못한 경우가 많았을 것이다. 자신이 좋아하는 것을 사람들이 싫어하면 공감력이 부족한 사람이라 생각될까 두려웠을 테니까.

사람들에게 무리해서라도 칭찬과 감사의 말을 전할 때도 많았을 것이다. 잘했다는 말과 고맙다는 말을 주기적으로 하지 않으면 예의 없는 사람이라 불릴까 걱정됐을 테니까.

사람들의 의견을 들어주기 위해 자신이 하고 싶은 것을 포기했을 때도 많았을 것이다. 아무리 생각이 달라도 타인의 의견을 수용하지 못하면 고집불통이라는 말을 들을까 염려됐을 테니까.

사람들에게 자신의 모습이 어떻게 보일지 근심하여 수많은 가면을 쓰고 자신을 감추며 살았겠지만, 이런 행동들 하나하나가 오랫동안 지속되고 쌓이다 보면 자신의 본모습을 잃어버리게 된다.

우리는, 자신이 좋아하는 것을 좋아한다고 말할 줄 알아야 하고, 자신이 잘한 것에 칭찬할 줄 알아야 하며, 자신이 하고 싶은 것을 해 나갈 줄 알아야 한다.

진짜 자신의 모습을 잃어버린 채 타인에 맞춰 살게 되면 내 인생이 내 것이 아니라 타인의 것이 되고 만다. 그 누구보다도 자기 자신에게 먼저 좋은 사람이 되어야 할 이유다.

이 책이 당신의 마음속에 자리 잡은 타인의 모습을 걷어내고, 그 자리에 자신의 모습을 심어줄 수 있는 계기가 되었으면 좋겠다.

이제는 가면을 벗어던지고 누구보다 자신에게 솔직해졌으면 하는 마음이다.

자신을 함부로 대하지 않았으면 한다.
자신에게 먼저 좋은 사람이 되었으면 좋겠다.

당신은 당신이 생각했던 것보다
훨씬 더 빛나는 사람이다.

윤설

차례

1장. 나에게 안부를 묻는다

2장. 나에게 위로를 건넨다

3장. 나에게 용기를 전한다

4장. 나에게 온기를 보낸다

나에게

안부를

묻는다

남들에게
좋은 사람으로 불리는 것보다,
스스로에게 먼저
좋은 사람이 되면 좋겠다.

힘내지 않아도 괜찮다

예전에는 "힘내"라는 말이, 삶에 치여 쓰러진 사람에게 가장 쉽고 편하게 건넬 수 있는 최고의 말이라고 생각했다.

다른 어떤 말을 해 주어야 할지 감이 잘 오지 않았고, 힘내라는 말을 건네면 상대방이 힘이 나지 않을까 하고 막연하게 생각했던 것 같다.

그러나, 이 말이 큰 도움이 되지 않는다는 것을 문득 알게 된 순간이 있었다. 내가 극심한 우울증에 시달리던 때였다.

나의 상황을 제대로 알지 못하는 사람들은 그저 나를 위로해 준다는 형식적인 행동으로 힘내라는 말을 자주 건네곤 했다. 위로하는 입장에서 위로 받는 입장이 되어 보니, 힘내라는 말이 힘이 되기보다는 오히려 불편해질 때가 많다는 것을 깨닫게 됐다.

그 당시 이미 낼 수 있는 최고의 힘을 내고 있었기 때문에 그보다 더 큰 힘을 낼 자신이 없었다. 그런데 사람들은 계속해서 나에게 '더' 힘을 내라고 했다.

그렇게 힘들었던 시절, 만약 누군가로부터 "힘내지 않아도 괜찮아"라는 위로를 받았다면, 아마 듣고 싶던 말을 드디어 들었다는 행복감에 그 자리에서 곧장 울음을 터트렸을지도 모르겠다.

그래서 나는, 지금 넘어져 있을지도 모를 당신에게 힘내라는 말을 건네고 싶지 않다.

굳이 힘내려 하지 않아도 괜찮다.
최선을 다했으니 그걸로 되었다.

나에게 먼저 좋은 사람이 되기로 했다

인맥이 넓은 사람을 선망했다. 많은 사람과 소통을 하고 끊임없이 대화하며 신뢰를 쌓아가는 모습이 부러웠다. 생일 때 선물을 한가득 받는 모습도, 만나고 싶다는 사람들의 연락이 끊이지 않는 모습도 멋져 보였다.

그렇게나 많은 사람이 그를 좋아한다는 것이, 마치 그가 좋은 사람이라는 것을 입증하는 것 같았다.

그래서 최대한 많은 사람과 가깝게 지내려 노력했다. 인맥을 넓히기 위해 수없이 사람들을 만나고 연락처를 교환했다. 다수가 좋아하는 사람이 되어 내가 좋은 사람임을 입증하기 위해 부지런히 움직였다.

시간이 얼마나 흘렀을까. 지인들이 많아졌고, 생각했던 대로 좋은 사람이라는 호칭이 생겼다. 노력이 결실을 맺은 듯했다.

하지만 무언가가 잘못되고 있었다. 가면을 쓴 듯 답답하고 불편했다.

이유를 생각해 보니, 사람들의 입맛을 맞추기 위해 내가 싫어하는 것을 숨기고, 좋아하는 것을 밝히지 않았던 까닭이었다.

사람들이 좋아하는 것을 내가 싫어하거나, 사람들이 싫어하는 것을 내가 좋아하면, 이상한 사람이라고 여겨질까 봐 두려웠다. 그래서 나를 철저하게 포기하고 사람들의 이상향으로 살아가려 애썼다.

그러나, 나를 숨기는 일은 남의 호감을 얻는 데는 효과적이었지만 내 마음을 지키는 데는 효과적이지 못했다. 후회했다. 나에게 미안했다. 남들에겐 분명 좋은 사람으로 불렸지만, 나 자신에겐 좋은 사람이 아니었다.

만약, 당신이 인간관계로 고민하고 있다면 이렇게 말하고 싶다.

그 누구도 자신을 잃어버리면서까지 남들이 좋아하는 사람이 될 필요는 없다고. 설령 타인의 마음을 놓치는 일이 있더라도 자신을 먼저 지킬 줄 아는 사람이 되는 게 더 낫다고.

나를 잃어버린 채 주변에 사람들이 가득한 것은 아무 의미가 없다는 것을 깨달았다. 그래서, 나는 이제 나에게 먼저 좋은 사람이 되기로 했다.

당신도 남들에게 좋은 사람으로 불리기보다,
스스로에게 먼저 좋은 사람이 되면 좋겠다.

당신이 가는 길이 곧 정답이다

종종 우울증을 겪고 있는 사람들과 상담을 한다. 상담하다 보니, 굉장히 많은 사람이 미래의 불확실함과 자신의 능력에 관해 고민하고 있다는 사실을 알게 됐다.

수많은 상담 끝에 깨닫게 된 건, 이러한 고민의 대부분이 '비교'라는 단어에 뿌리를 두고 있다는 사실이었다.

자신의 인생이 누군가의 인생에 비해 상대적으로 뒤처진다고 느껴질 때, 미래에 대한 불확실함이 생겨났다. 노력해서 얻어낸 결과가 누군가의 노력에 비해 큰 성과를 얻지 못했을 때, 자신의 능력에 대한 의심이 생겨났다.

나는, 자신과 미래를 의심하며 걱정하는 사람들에게 이렇게 말해 주고 싶다.

당신이 가는 길은 다른 사람들의 길과는 엄연히 다른 길인데, 타인의 것과 비교를 하니 자신의 길에 의심이 생길 수밖에 없는 거라고.

그러니, 자신의 인생을 타인의 것과 비교하지 말라고. 당신의 인생은 당신만이 이끌어 나갈 수 있다고.

당신이 그저 당신의 길을 걸어가길 바란다.

인생에 정해진 길은 없기에,
당신이 가는 길이 곧 정답이다.

끝이라는 또 다른 시작

시작이 있는 모든 것에는 끝이 있다. 그러나, 우리는 끝이라는 단어가 그저 슬프다는 이유 하나만으로 끝을 제대로 받아들이지 못해 깊은 좌절의 늪에 빠질 때가 많다.

충분히 이해한다. 세상 누구도 슬픈 마지막을 보기 위해 시작하는 사람은 없으니까. 모든 시작의 목적은 행복하기 위함이고, 그 행복을 손에 쥐기 위해 버티고 노력하는 것이니까.

하지만, 이걸 알았으면 좋겠다. 무언가의 끝을 마주했다면 또 다른 무엇을 시작할 기회가 생긴다는 것을.

마침표가 있어야 새로운 문장을 시작할 수 있는 것처럼, 당신의 인생에 마침표가 하나 생겼다면 또 다른 문장을 시작할 수 있는 시간이 다가온 것이다.

그러니, 끝이라는 단어 앞에서 너무 오랫동안 슬퍼하지 않으면 좋겠다.

마침표가 찍힌 문장을 거스를 수 없다면,
대신 더 반짝이고 아름다운 문장을 쓰기 시작하면 된다.

있는 그대로의 마음

매일 올려다 보는 하늘이지만, 신기하게도 볼 때마다 매번 모습이 다르다.

구름 한 점 없이 텅 비어 있을 때도 있고, 잿빛으로 붉게 물들어 있을 때도 있고, 칠흑의 어둠으로 뒤덮여 있거나, 안개가 자욱이 걸려 있을 때도 있다.

풍경은 다 다르지만, 하늘은 어김없이 아름답다. 다채로운 모습으로 매번 아름다움의 정의를 새롭게 내리는 듯하다.

그런데 왜 우리는 마음에 대해서는 그렇게 생각하지 못하는 것일까. 우리는 매번 달라지는 내면의 모습을 얼룩이라 칭하며 괴로워하기 바쁘다.

분노의 감정으로 붉게 물들었거나, 먹먹함에 뒤덮였거나 혹은 슬픔의 안개가 흐릿하게 걸려 있는 마음의 모습을 보면, 우리는 어떻게든 묻어 있는 얼룩을 지우려 애를 쓰며 아무것도 없었던 상태로 되돌리려 한다.

이제는, 매번 새로워지는 마음의 모습을 아름답게 느낄 수 있기를 바란다.

모든 하늘이 아름답듯,
모든 마음 또한 아름답다.

아직 당신의 계절은 오지 않았다

고작 며칠간 꽃잎을 만개하기 위해, 꽃들은 일 년 동안 목숨을 걸고 변화를 준비한다.

고작 며칠 동안 피어나고 싶지는 않을 테니, 당신은 더 오랫동안 변화를 준비해야 할 것이다.

엄청난 변화를 이루기 위해서는 아주 섬세한 준비가 필요하다. 이 과정은 매우 미세하고 점진적으로 일어나기에 우리의 눈으로 인지하기가 쉽지 않다.

그래서 더욱 한탄스러운 것일지도 모르겠다. 분명 변화에 목말라 있을 텐데, 정작 그 과정에서는 눈에 띄는 변화를 발견하기 어려울 테니.

그러나, 조금만 더 참고 기다리면 인생 일대의 큰 변화가
다가올 것이다. 더 활짝 피기 위해, 더욱 아름다운 꽃잎
을 만발하기 위해 더욱더 꼼꼼히 준비한다고 생각하자.

아직 당신의 계절은 오지 않았다.
당신은 아직 만개하지 않았다.

상처는 서로의 용기가 되어

인생을 헤쳐나가는 길이 항상 순탄할 수만은 없다. 가끔 씩은 넘어지고, 그 상처에 아파하기도 하고, 눈물을 흘리기도 한다.

모두가 그러하듯, 나 또한 아픈 돌부리를 피해 가지는 못했다.

돌부리에 걸려 넘어졌던 부끄러움도 잠시, 나는 내가 걸려 넘어진 곳에 '돌부리 조심'이라는 글과 함께 나의 이름을 적고 팻말을 세워 두었다.

그러자 나의 상처는 순식간에 누군가의 용기가 되었다. 내가 일어설 수 있었으니, 이 팻말을 보고 있는 당신도 일어날 수 있을 것이라는.

당신도 혹시 돌부리에 걸려 넘어진다면, 팻말을 세워 주면 좋겠다. 당신이 일어설 수 있었으니, 다른 사람들도 일어설 수 있을 것이라고.

우리의 상처는 서로에게 용기가 되고,
흘렸던 눈물은 서로의 이정표가 되어 준다.

설령 또 다른 산을 만나더라도

살면서 가장 허탈한 순간이 언제냐고 묻는다면, '힘들게 산을 넘었는데 또 다른 산이 있을 때'라고 답하겠다. 온갖 시련을 견디며 최선을 다해서 가까스로 산을 넘었는데, 눈앞에 다시 커다란 산이 기다리고 있을 때를 떠올려 보라.

헛웃음만 나올 것이다. 그런 순간이 찾아오면 허탈감뿐만 아니라 좌절감까지 같이 느껴진다.

그러나, 이때 정신마저 무너져 내리면 안 된다. 깊고 깊은 허탈의 늪에 빠지면 쉽게 나올 수 없기 때문이다.

주저앉아서 마냥 한탄하기보다는, 잠시 휴식을 취하면서 마음을 다잡는 것이 좋다. 크게 숨을 돌리고 차근차근 생각을 가다듬어 보는 거다.

이때 반드시 해야 하는 일은 목표를 재설정하는 것이다. 지금까지의 목표가 그저 산을 넘는 것이었다면, 이제부터는 산을 천천히 오르더라도 주변을 구경하며 자연을 즐기면서 가겠다는 것으로 바꾸는 것이다.

산을 넘는 게 목적이 아닌 수단이 되면 마음이 한결 가벼워진다. 산을 넘기 위한 치열한 노력 속에서 한 발자국 물러나면, 그제야 주변의 싱그러운 꽃과 나무, 푸르른 하늘이 보이기 시작한다.

그럴 때 우리는 웃으면서 산을 오를 수 있다. 내려와서 설령 또 다른 산을 만나게 되더라도 즐거운 마음으로 다시 가뿐하게 오를 수 있다.

산을 넘는 게 목적이 아니라, 그 길 자체를 즐기면서 가는 게 목적이니까.

우리가 인생을 사는 목적이,

끝을 맺는 마침표에 있는 게 아니라

순간을 음미하며 살아가는 쉼표에 있듯이 말이다.

인생이 두렵다면

인생이 두렵다면
아무도 가지 않는 길을 멀리해라.
적어도 비난받지는 않을 테니.

그래도 인생이 두렵다면
모두가 멀리하는 길을 걸어가라.

사람들은 당신을 비난할 테지만
당신의 용기에 오히려 겁을 먹고
당신을 더 두려워하게 될 테니까.

잘해 왔고 잘할 것이다

어떤 일에 도전하고 있을 때, 이런 생각이 들 때가 있다. 분명 최선을 다했는데 아무런 성과가 보이지 않으니 이쯤에서 접어야 하는 건 아닌가 하는 생각 말이다.

하지만 이걸 알아야 한다. 태어나자마자 하늘을 날 수 있는 새는 없다는 것을. 날개가 있더라도 처음으로 하늘을 날기 위해서는 수많은 시행착오가 필요하다.

셀 수 없이 하늘에서 땅으로 추락하면서, 몸에 달린 날개의 구조를 이해하고 피부에 스치는 공기의 저항을 느껴야만, 비로소 하늘을 자유롭게 나는 방법을 습득하게 된다.

우리의 인생도 별 다를 바가 없다. 새롭게 시작하는 모든 것은 뜻대로 흘러가지 않고, 노력한 만큼의 결과가 나오지 않는다.

지금 당장은 너무나도 고통스럽고 괴롭고 눈물이 나오고 지치고 힘이 들 수 있다. 하지만, 그렇다고 해서 자신을 무능력하다고 말하거나 쓸모없는 사람이라고 생각하며 자책해서는 안 된다.

수많은 실패를 거친 새가 하늘을 날기 시작하듯, 수많은 도전을 거친 당신도 곧 성공의 날개를 달 테니까.

지금의 결과가 좋지 않을지라도, 당신이 노력했다는 사실은 변하지 않는다. 그리고 당신이 해낼 것이라는 사실도 변하지 않는다.

잘해 왔고, 잘할 것이다.
걱정하지 않아도 된다.

가끔은 멈춰야 한다

우리는 가끔씩 멈춰야 한다.

삶이란 녀석은 종종 다른 이름과 다른 명분을 가지고 찾아와, 최선을 다해 목적지에 달려가는 우리를 넘어트리기 때문이다.

삶이란 녀석은 최선을 다하지 않았다고 우리를 조롱하기도 하고, 노력이 충분하지 않았다고 비웃기도 한다.

그럴 때 우리는 스스로에게 모든 책임을 돌리곤 한다. 그렇게 입은 마음의 상처로 인해, 넘어진 자리에서 다시 일어나기를 포기해 버리고 싶은 마음이 들기도 한다.

그렇게 삶이 우리를 넘어트리고 마음을 흔들어 놓기 전에, 잠시 멈추어 자신이 가고 있는 방향을 다시 한번 점검할 시간을 가져야 한다.

목적지로 가는 도중에 넘어지게 되더라도, 나의 선택에는 후회가 없으며 넘어짐은 하나의 과정일 뿐이라고, 그러니 넘어져도 다시 일어나 달릴 거라고 스스로를 다독여 주어야 한다.

아직 도착지가 보이지 않아 불안할 테지만, 최선을 다해 노력하고 있음을, 자신이 맞는 방향으로 가고 있고, 그 과정에서 성장해 나가고 있다는 확신을 주어야 한다.

그러면 어느덧 당신을 바라보던 삶이란 녀석의 표정이 조금 바뀌어 있을 것이다. 당신에게 선두를 빼앗겨 당황한 표정으로.

그러니, 잠깐 멈춰 있는 시간을 아까워하지 말자. 더 높은 도약을 위해 잠시 앉아 있는 것이니.

잠시 멈춰 있는 시간을 두려워하지 말자. 전력 질주를 위해 숨을 고르는 것이니.

용기의 불씨가 꺼지지 않도록,
끝까지 달릴 수 있는 힘이 되어 줄 테니.

봄에 꽃피우지 못한 그대에게

저마다 꽃피우는 계절이 다른데
왜 서글퍼하고 있나요.

찬란하게 봄을 피워 줄 그대도 좋지만,
향기롭게 여름을 감싸 줄 그대와,
운치 있게 가을을 장식해 줄 그대와,
포근하게 겨울을 지켜 줄 그대 덕에
나는 당신이 기대됩니다.

당신의 계절은 아직
오지 않았습니다.

어두운 마음에게

인생이란 참 알다가도 모르겠다 싶은 때가 있다. 모든 게 잘 흘러가는 듯싶다가도 어느 순간 돌아보면, 무엇인가 잘못되었음을 알게 되는 때가 그렇다.

특히나 인간관계에서는 더욱더 그렇다.

인생의 동반자가 되겠다고 약속했던 사랑이었는데 사소한 오해가 쌓이고 쌓여, 끝내 돌이킬 수 없는 이별의 강을 건너기도 했고, 평생을 함께할 것만 같던 돈독한 우정이 하루아침에 무너져 내려 남보다 못한 사이가 되어 버리기도 했다.

물론, 반대의 경우도 있었다. 모든 게 엉망이다 싶었는데 어느 순간 돌아보니, 오히려 생각지도 못한 좋은 것들을 마주했던 때 말이다.

말 한번 섞어보지 않았던 사람이 누구보다 나의 마음을 더 잘 알아주는 가까운 사람으로 남았고, 얄팍한 관계라고 느끼던 누군가가 어느새 내게 진심이 담긴 위로를 전해 주는 특별한 사람이 되어 있었다.

인생은 도무지 알 수 없기에 잘 살다가도 갑자기 깜깜한 밤이 찾아 오곤 한다. 하지만, 그렇게 모든 것이 보이지 않을 만큼 깜깜한 밤에도 밝게 빛나는 별을 다시금 찾을 수 있을 테니, 다행이다.

지금 당신의 마음이 어둡다면,
무심코 지나가는 이 책의 한 구절이
당신 마음의 한구석을 환히 밝혀 주면 좋겠다.

용기의 불씨를 되살릴 수 있다면

어떤 문제로 힘들어하는 사람을 보면, 어떻게든 위로해 주며 마음을 달래 주려는 사람들이 있다.

그러나, 나는 힘들어하는 사람들에게 위로나 공감의 말 대신 용기가 나는 말을 전하곤 한다. 그들 대부분이 문제에 대한 답을 이미 정한 상태라는 것을 알고 있기 때문이다.

상대방이 자신의 문제를 해결할 수 있음을 알기에, 그저 이미 정해져 있는 답을 행동으로 옮길 수 있도록 용기를 북돋아주는 말을 전하는 것이다.

위로는 그런 거다.

상대방의 마음 옆에 나란히 앉아서
스스로의 의지로 천천히 다시 일어날 수 있도록,
'당신은 할 수 있다'라는 말을 건네주는 것.

완벽한 하루에 필요한 것

완벽한 하루에는 무엇이 필요할까.
깊게 생각하면 할수록 쉽게 답을 내릴 수 없는 질문이다.

하지만, 한 치의 빈틈도 없어 보이는 '완벽'이라는 단어는,
생각보다 굉장히 허술한 단어일지도 모른다.

남들보다 발걸음을 약간만 늦출 수 있다면,
하늘을 올려다 볼 약간의 여유가 주어진다면,
미소를 유지할 약간의 즐거움이 존재한다면,
그런 약간의 순간들을 담아 둘 사람이 곁에 있다면,
그걸로 이미 충분하지 않을까.

완벽한 하루는

우리가 생각하는 것보다

그리 거창한 것이 아닐지도 모른다.

지금 모습 그대로

가장 아름다운 색이 정해져 있지 않듯, 삶에서 가장 아름다운 시기라는 청춘의 색은 정해져 있지 않다고 한다. 자꾸만 변덕스럽게 색이 바뀐다는 것이다.

그래서 청춘인 우리는, 모두 변덕쟁이인가 보다.

싫었던 것이 하루아침에 좋아지기도 하고, 좋았던 것이 하루아침에 싫어지기도 한다. 그것이 음식이 되었든, 사람이 되었든, 장소가 되었든 예외는 없다.

가만 생각해 보면 지금 내가 제일 좋아하는 음식은 대개 어렸을 적 먹지 않기 위해 도망 다녔던 음식이다.

가장 가까웠던 사람은 정말 사소한 계기로 인해 하루아침에 남보다 못한 사이가 되어 버렸고, 친해질 일이 없을 것만 같던 사람은 어느새 막연한 사이가 되어 있었다.

살면서 한 번도 가지 않을 것만 같던 장소에 매일같이 드나들고 있다.

우리 마음속에 틀어박힌 색은 정말 사소한 일로 종종 바뀌곤 한다. 그러니, 어떠한 것도 지금 좋다고 나중에도 좋으리란 법은 없고, 지금 나쁘다고 나중에도 나쁘리란 법은 없다. 다만 지금은 이러한 색일 뿐.

계절에 따라 이파리의 색이 싱그러운 초록색으로 변했다가 불그스름한 빨강색으로 변하는 것이 그 자체로 아름다운 것처럼, 변덕스러운 청춘의 색 또한 그 자체로 아름답다.

조급해하지 않아도 된다

눈 앞에 펼쳐진 여러 길 중에서 당신이 걸어가는 길이 비록 울퉁불퉁하고 가장 형편없는 모난 길처럼 보일지라도, 당신은 당신의 길을 걸어가면 된다. 당신이 걸어가는 길이 없는 길이었다면, 당신은 지금 새로운 길을 만들고 있는 것일 테니까.

아무도 따라오지 않는다고 걱정할 필요도 없다. 당신이 걸어가는 길에서 당신이 만들어 낸 발자국은 결국 누군가의 이정표가 될 테니까.

조급해하지 않아도 된다. 천천히 걸어가고 있는 당신을 위해서 햇살과 노을과 달빛이 휴식할 공간을 줄 것이고,

아름다운 풀벌레 소리와 새들의 지저귐, 꽃들의 향기가
당신의 상처를 치료해 줄 테니까.

이것은 당신만이 누릴 수 있는, 오로지 당신만의 것이다.
그러니 남들이 아무리 뭐라 한들, 당신은 당신만의 길을
걸어가면 된다.

나는 당신의 길을 믿어 의심치 않는다.

당신은 덜 후회하면 좋겠다

살면서 나에게는 수많은 기회가 주어졌다. 그런데, 나는 단 하나의 기회도 잡지 못했다. 아니, 잡을 수 있었지만 잡지 않았다.

솔직히 말하자면 두려웠다. 그 기회를 잡으면 어떤 파장이 일어날지 대충 그림이 그려졌기 때문이다. 역동적인 인생을 좋아하는 사람이라면 기회를 낚아챘겠지만, 나는 그렇지 못했다.

그러나, 지금 와서 생각해 보면 내가 잡지 않은 모든 기회에 후회가 된다.

도전해서 하게 될 후회보다 도전하지 않아서 느끼는 후회
가 더 크다는 것을 그때는 알지 못했다.

당신은 기회를 놓치지 않았으면 좋겠다.
당신은 덜 후회했으면 좋겠다.

너무 늦지 않게 이 사실을 알았으면 한다.

더 나은 선택은 없었다

누구에게나 시련이 찾아온다. 이유가 무엇이든 견딜 수 있는 괴로움의 한계를 뛰어넘는 고통이 찾아오는 것이다.

어떤 시련은 절대 넘어갈 수 없는 무너진 다리처럼 보인다. 이렇게 큰 시련을 맞닥뜨릴 때는 '인간은 고통 속에서 성장한다'는 속담이 무색해진다. 다리를 넘어야 성장할 수 있는데, 건널 수조차 없으니 말이다.

더 큰 문제는 나중에 발생한다. 그 시련으로 인해 겪은 실패의 괴로움을 어깨에 무겁게 짊어진 채 삶을 살아가게 되기 때문이다.

이러한 시련의 기억은 우리를 짓눌러 현재를 제대로 살 수 없게 만든다. 혹여라도 비슷한 시련을 마주하게 되면, '이번에도 실패하면 어쩌지'라는 생각이 머릿속을 구석구석 헤집어 놓는다.

이럴 땐 이성적인 판단을 내릴 수가 없다. 아무리 비슷하더라도 과거와는 다른 상황이고 자신도 달라졌음에도 불구하고, 과거에 짓눌려 미래까지 잃게 되는 것이다.

나는 당신이 과거의 시련을 훌훌 털고 일어나면 좋겠다. 당신은 그 당시에 할 수 있는 최고의 노력을 했고, 최선의 선택을 내렸다. 더 나은 선택은 없었다. 지금까지 버티고 온 것만으로도 대단한 일이다.

게다가 지금의 당신은 그때의 당신이 아니다. 더 나은 선택을 할 수 있고, 더 나은 미래를 그릴 수 있다.

그러니, 잠시 휴식하며 마음을 다스리고 용기를 재충전할 시간을 갖고, 훌훌 털고 다시 일어나면 좋겠다.

과거는 털어내고 현재를 살아갔으면 한다.

그때는 넘어가지 못했지만,
지금은 넘어갈 수 있다.

눈물을 참으면 안 되는 이유

상처를 피하는 능력보다는
상처를 털고 일어나는
그런 능력을 키우는 것이 중요합니다.

우리가 정말 두려워해야 할 것은
상처를 받는 것이 아니라,
다시 찾아올 고통이 무서워
일어나지 못하는 것이니까요.

인생이 그렇다고 하더군요.
피할 수는 없지만, 견딜 수는 있다고.

그러기 위해서는
눈물을 참으면 안 된다고 하더군요.

휘날리며 살아간다

튼튼한 나무처럼 사는 게 옳다고 생각하며 모든 걸 그저 참고 견디며 살아왔다. 이까짓 상처는 아무렇지 않다고, 이쯤은 기꺼이 버틸 수 있다며 모든 아픔을 모른 체했다.

어느 날 갑자기, 툭 하는 소리와 함께 마음속 어딘가가 부서졌다. 그렇게 한동안 오래도록 앓았다. 생각보다 훨씬 더 오래도록.

가까스로 일어나고부터는, 인생을 유연한 갈대처럼 유유히 휘날리며 살아야겠다고 마음먹었다. 갈대처럼 꺾이고 휘어지더라도, 고통과 슬픔을 있는 그대로 느끼면서 표현하는 삶을 살아야겠다고.

부러지지 않으려고 애쓰다가 완전히 부러져 영영 일어나지 못하게 될까 봐.

그렇게, 이제는 마냥 버티지 않기로 했다.

내게 다가오는 모든 것과 함께 흔들리며 그 과정에서 마주하게 되는 힘든 것들을 있는 그대로 느끼고 흘려보내기로 했다. 그게 시간이든, 눈물이든, 마음이든.

이제는 갈대처럼 살아야겠다.
이제는 휘날리며 살아야겠다.

변화를 마주하는 자세

요즘 사람들은 변화라는 단어에 거부감이 꽤 있는 듯하다. 모험과 도전을 멀리하고 현재에 안주하며 안정적인 것만 추구하려는 게 느껴진다.

하기야, 현재 어느 정도 안정적인 일상을 살아가고 있다면 변화라는 단어는 그리 달가운 손님은 아닐 테다. 굳이 변할 필요를 느끼지 못하니까. 현재를 벗어나면 지금 가진 것을 잃어버릴 수도 있다는 위험까지 생기니까.

나도 어느 순간부터는 퇴사한다는 말을 입에 단 채로 수년간 같은 직장에 다니곤 했고, 늘 만나던 사람들과 늘 가던 공간만 가곤 했다.

그렇게 변화하지 않음을 택함으로써 현재의 일상과 안정은 누렸지만, 새로운 미래와 즐거움은 놓치고 말았다.

이직하고 다른 직장에 가서 원래보다 더 나쁜 근무 조건을 갖게 될 수도 있겠지만, 색다른 경험과 도전을 하게 될 기회가 있을 수도 있었다. 새로운 공간에 가서 새로운 사람들을 만나면 어색하고 낯설어서 힘들 수도 있겠지만, 포근한 공간과 좋은 사람들을 만날 수도 있었다.

우리가 변화를 피하지 말아야 할 이유에는 한 가지가 더 있다. '언젠간 모든 것은 변한다'는 사실.

현재에 머무르겠다고 할지라도, 세월의 흐름에 따라 모든 것은 변한다. 영원할 것 같은 순간도, 평생을 함께할 것이라고 약속했던 인간관계조차 달라진다. 안정적인 현재에 머무른다는 건 애초에 불가능하다는 말이다.

변화는 꼭 나쁜 것도 아니고, 피할 수도 없다.
당신이 변화를 외면하기보다는
좋은 방향으로 변화해 나가면 좋겠다.

생각만큼 중요하지 않은 생각

한동안 두통을 달고 살았다. 머릿속의 수많은 질문에 대해 어떤 답을 내려야 할지 끊임없이 고민한 탓이었다.

생각이란 건 참 무서웠다. 무수한 질문에 대해 답을 내야 하는데, 그 개수가 너무 많아 무엇에 먼저 답해야 할지조차 감이 오지 않았다. 생각은 꼬리에 꼬리를 물며 커졌고, 어느 순간 감당하기 어려워졌다.

그렇게 무수한, 커다란, 그리고 제자리를 맴도는 똑같은 생각을 반복했고, 몇 년이 지나도록 답을 내릴 수 없었다.

어느 날, 새로운 생각이 불쑥 떠올랐다.

'만약 모든 질문에 대해 답을 내리지 않는다면, 어떤 일이 벌어질까?'

파격적이었다. 당장 해보기로 했다. 답을 내리지 못했던 수많은 질문에 대한 생각을, 컴퓨터에서 파일을 지우듯 머릿속에서 삭제하기 시작했다.

처음에는 굉장히 불안했다. 생각하지 않으면 모든 일이 내 통제를 벗어날 것만 같았다.

결과는 놀라웠다.

아무 일도 일어나지 않았다. 다행스러우면서도 허탈한 마음으로 찬찬히 살펴보니, 대부분의 생각이 쓸데없는 것들이었다.

시작하지도 않은 일에 대한 고민, 실패에 대한 두려움, 그런 나를 다른 사람들이 어떻게 볼 것인지에 대한 걱정, 그로 인해 이미지가 나빠지면 어쩌지 하는 불안 등. 일어나지 않은 일을 마치 실제로 일어난 일처럼 여기고 그에 대해 고민만 하고 있었을 뿐이었다.

생각을 많이 하면 더 신중하게 선택할 수 있는 건 맞다. 그러나, 아무리 신중한 생각이라도 지나치게 쌓이면 콘크리트처럼 무거워져 우리를 짓누르고 만다. 그 무게에 짓눌리면 신중한 선택은커녕 어떤 선택도 할 수 없게 된다. 아무런 행동도 없이 끊임없는 생각만 하게 되는 것이다.

그러니, 생각이 많아 머리가 아플 때는 이렇게 질문해보자. '이게 정말 필요한 생각인지, 생각하지 않으면 지금 당장 큰일이 나는 것인지'.

그게 아니라면 생각의 짐을 잠시 내려놓자.
생각은, 생각보다 중요하지 않을 때가 많다.

실패는 두렵지 않다

언젠가 가장 깊게 주저앉던 날,
나는 더 높은 도약을 다짐했다.

비록 수없이 반복되는 실패 속에서
넘어지고 또 넘어지겠지만,
나는 도전하기로 했다.

좌절은 도전하는 자들만의 특권이니,
나는 도전하기로 했다.

2장

나에게

위로를

건넨다

우리는
스스로를 사랑할 줄 몰라서
누군가에게 그 사랑을
갈구하는 것일지도 모른다.

나를 사랑하는 건 어려운 일이다

세상에는 굉장히 쉬워 보이지만 굉장히 어려운 것들이 있다. 그중에서 가장 어려운 것을 하나 고르라면, 한 치의 망설임도 없이 '자신을 사랑하는 것'이라고 말할 것이다.

자신을 사랑하기 어려운 이유는, 남들에게는 보이지 않는 부족한 부분까지 자기 자신에게는 속속들이 다 보이기 때문이다.

좋은 모습만 취사선택하여 보여 줄 수 있는 남과는 다르게, 자신과는 분리될 수 없기에 스스로의 모든 싫은 점을 완전하게 마주해야 하는 것이다.

게다가 사람들 대부분은 남보다 자신에게 더 높은 기대를 갖고 있다.

그렇기에 자기 기준에 맞지 않을 때, 그 기준에 부합하지 않는 남에게는 너그럽게 대하더라도 그 기준을 충족시키지 못하는 자신에게는 유독 관대하지 못하다.

어쩌면, 그래서 우리는 스스로를 사랑하기를 포기한 채 누군가에게 사랑을 갈구하는 것일지도 모른다. 부족한 모습을 숨기고 사랑받을 만한 모습만 보이려고 애쓰면서.

그러나, 자기 자신을 사랑하는 방법을 터득하지 못하면 다른 사람에게 사랑을 아무리 많이 받는다고 하더라도 결국 자신의 마음을 끝까지 채울 수 없다. 순간적이고 간헐적인 타인과의 관계와 달리, 자신과의 관계는 영원하고 지속적이기 때문이다.

나는 당신이 스스로에게 조금만 더 관대해졌으면 좋겠다. 그래서, 남에게서 좋은 모습을 잘 찾아내는 것처럼 스스로를 그렇게 자신을 바라 볼 수 있었으면 좋겠다. 자신의 다양한 모습들을 너그럽게 인정할 수 있었으면 좋겠다.

당신이 자신을 조금 더 사랑할 수 있게 되기를.
그렇게, 당신의 마음이 흠뻑 채워질 수 있기를.

마음이 얼어붙기 전까지

태어나서 처음으로 '인생'이라는 단어에 의구심이 들었다. 내가 가고 있는 길이 맞는지, 후회하지는 않을지, 행복을 위해서는 어느 길로 가야 할지 도통 알 수가 없었다.

처음으로 과거가 후회됐고, 처음으로 현재가 불안했고, 처음으로 미래가 두려웠다. 그래서 행복을 찾기 위한 여행을 떠났다.

처음 떠나는 여행은 참으로 가소로웠다.

언제, 어디서, 어떻게 여행을 떠나야 하는지 아무것도 알지 못했던지라, 아무 생각 없이 배낭에 과자 몇 봉지를 넣고 열차에 올라탔다. 그러다, 마음 가는 기차역에 불쑥 내렸다. 하염없이 이어진 길을 따라 정처 없이 걸었다.

길에서 마주한 꽃에서는 왠지 더 좋은 향기가 났다. 평소와 똑같은 하늘도 왠지 더 높고 푸르렀다. 항상 피부처럼 익숙하던 햇살이 따뜻했고, 공기처럼 너무나 당연했던 바람의 숨결이 부드러웠다. 그렇게, 이미 내가 누리고 왔던 모든 것들이 새로이 반짝이기 시작했다.

불쑥 떠난 첫 여행은 내게 많은 것을 느끼게 했다. 행복을 찾아 떠났는데, 내가 이미 가고 있던 길이 행복한 길이었음을 알게 됐다.

우리는 종종 마음이 얼어붙기 전까지는
햇살의 따스함을 알지 못한다.

그래서 당신은 특별하다

당신은 특별하다.

당신이라는 존재가 세상에서 단 한 명밖에 없기 때문이라는 뻔한 이야기를 하려는 것이 아니다. 당신의 생김새, 목소리, 성격이 다른 사람과는 다르기 때문이라는 뻔한 이야기를 하려는 것이 아니다.

당신이 특별한 건, 삶에 맞서 싸우기 위해 최선을 다하여 노력하고 있기 때문이다. 수많은 고난과 역경 속에서 또다시 일어나기 위해 흐트러진 정신을 잡고 끝없이 용기를 불태우려고 노력하고 있기 때문이다.

누구나 넘어지면 힘들기 마련이다. 누구나 넘어지면 슬프기 마련이다. 그러나, 어째서인지 당신은 다시 넘어져 슬퍼할 것을 알면서도 계속해서 묵묵히 일어난다.

그래서 당신은 특별하다.
누구나 넘어지지만, 모두가 일어서지는 못하니까.

특별한 당신의 노력은 반드시 빛을 볼 것이다.

화창한 날엔 무지개가 뜨지 않는다

화창한 날씨에서 오는 화사하고 따스한 햇살과 포근한 공기는 우리의 기분을 안정적이고 평온하게 만들어 준다. 그렇기 때문인지, 흐린 날씨를 좋아하는 사람은 그다지 많지 않다.

하지만, 화창한 날씨만 계속된다면 우리는 소중한 것들을 그냥 지나치게 될지도 모른다.

흐린 날씨가 주는 어둠이 없다면, 길거리의 가로등이 얼마나 소중한 존재인지 깨닫지 못할지도 모른다. 흐린 날씨가 주는 어둠이 없다면, 길을 밝혀주는 햇살이 마냥 그자리에 있는 것이 아님을 인지하지 못할지도 모른다. 흐린 날씨가 없다면 그 뒤에 뜨는 아름다운 무지개를 보지 못할지도 모른다.

어쩌면, 그래서 날씨는 늘 화창하지는 않은 건지도 모르겠다. 그런 일련의 과정에서 알아채지 못했던 소중한 것들을 찾을 수 있도록.

곱씹을수록 좋아지는 것들

첫 소절만 듣고도 꽂히는 노래들이 있다. 황홀한 선율의 첫인상은 너무나도 매력적이다. 그런데, 이렇게 대번에 우리의 귀를 사로잡은 노래들은 생각보다 금방 질리게 되곤 한다.

반면 어떤 노래는, 도입부는 별로 흥미롭지 않지만 듣다 보면 어느샌가 전반적인 선율이 머릿속에 각인되어 며칠 내내 그 노래의 멜로디를 흥얼거리게 된다.

노래뿐만이 아니다. 인간관계도 그렇다. 말재주가 있고 재미있는 사람이 처음에는 확 끌리지만 시간이 지날수록 별로라는 생각이 드는 경우가 있다. 반면, 말수가 적고 조용해서 별로 호감 가지 않던 사람이 시간이 지날수록 진국이라고 느껴지는 경우가 있다.

그래서, 이제는 첫인상으로 누군가를 판단하지 않게 되었다. 순간의 모습이 좋다거나 겉보기에 화려하다고 바로 마음을 열지 않고, 오랜 기간을 들여 사소한 행동을 지켜보며 천천히 마음을 연다.

점점 더 좋아지는 사람들은 기념일에 고가의 선물을 사다 주기보다는 길지 않더라도 직접 쓴 손 편지를 주는 사람들이었고, 내게 좋은 말만 해 주기보다는 다른 사람의 단점을 몰래 비난하지 않는 사람들이었다. 처음에는 소소하고 밋밋하게 느껴지더라도 알면 알수록 편안하고 깊이가 느껴지는 그런 사람들이었다.

곱씹을수록 참 괜찮은 노래가 있듯,
곱씹을수록 참 괜찮은 사람이 있더라.

모난 것이 좋다

언제부터였을까.
사회는 인위적으로 만들어진 무엇인가에
아름다움이라는 수식어를 붙이고 있다.

풀숲을 난도질해 정원이라 부르기도 하고,
생명체의 자유를 억압해 동물원이라 부르기도 한다.
이제는, 당신의 인생을 비틀어 '성공'이란 단어를 넣으려 한다.

비틀어서 맞춰진 '성공한 인생'이 아름다울 리 없겠지.
모난 것이 좋다. 모나야 특별하다.
있는 그대로의 다듬어지지 않은 당신이, 아름답다.

지금까지 그래왔고 앞으로도 계속

누구나 넘어지기 마련이니
절대 자신을 자책하지 말고,

모두가 다시 일어날 순 없으니
일어난 자신에게 칭찬해 주고,

아무나 노력할 수 있는 것이 아니니,
노력하는 자신에게 조금만 더 잘해 주길.

행복은 가까이에 있었다

세상 물정 모르던 시기, 나는 눈앞의 작은 곰 인형 하나에 세상을 다 가진 것 같은 표정을 짓곤 했다.

그때 누군가가 말했다. 세상에는 곰 인형보다 더 좋은 게 많다고. 밖으로 나가면 더 많은 것들을 보고 배울 수 있고, 더 행복해질 수 있다고.

세상을 처음, 그리고 점점 알게 되었을 때는 좋았다. 처음으로 보고 경험하는 것들, 신기한 것들이 너무나도 많았다. 매일 설레는 날의 연속이었다.

그런데, 문득 눈에 보였다. 세상의 모든 사람이 '부와 명예'라는 단 하나의 목적지를 향해 달려가고 있다는 것이. 나도 그들과 같은 목적지로 달려가고 있다는 것이.

행복과 사랑과 우정과 건강을 포기하며 목적지만을 향해 달려가는 사람들과 나의 모습을 보니, 차라리 작은 곰 인형 하나로 세상을 다 가진 표정을 짓던 시절이 그리워지기 시작했다.

행복은 그리 멀리 있지 않았는데 욕심이 많았다. 잠시 멈추어 주변을 바라보니, 나를 행복하게 해 주는 것들이 바로 옆에 있었다.

그때 결심했다.

세상이 정한 행복을 찾으려 애쓰지 말고, 내가 진짜 원하는 행복을 찾겠다고. 그리고, 내가 찾던 행복은 이미 내 곁에 있었음을 결코 잊지 않겠다고.

누구보다도 자신을 믿어 주길

살다 보면 큰 결정을 내려야 하는 시기가 찾아온다. 그 결정은 인간관계에 관한 것일 수도 있고, 미래에 관한 것일 수도 있다.

이 시기가 찾아오면 우리는 특이하게도 자기 자신을 의심하기 시작한다. 자신이 이 결정에 책임질 수 있을 만큼 그릇이 큰지, 혹은 이 결정이 틀렸을지도 모른다는 생각에, 결정하길 보류한 채 생각의 시간에 잠기기 시작한다.

나 역시 마찬가지였다.

솔직히 말하자면 두려웠다. 지금 하는 선택으로 인해 더 나은 미래가 펼쳐질지 더 나쁜 미래가 닥치게 될지 알 수 없었으니까. 그렇게 나 자신을 의심하느라 하염없이 시간에 잠겨, 나의 인생을 엄청나게 바꿨을지도 모를 여러 제안을 거절했다.

덕분에 현재에 안전하게 머무를 수는 있었지만, 진정 원하는 것을 하지 못했고, 성장하지 못했다. 스스로를 의심하느라 늘 한 발자국이 아쉬웠다.

당신은 나와 같은 실수를 하지 않았으면 좋겠다. 누구보다도 자신을 먼저 믿어 주었으면 좋겠다.

용기 있는 자만이 문을 열 수 있다.
당신은 그 문을 열 수 있었으면 좋겠다.

소중한 것은 눈에 보이지 않으니

우리는 종종 소중한 것을 잃어버린다. 손에 쥐고 있을 때 그 소중함을 잘 인지하지 못했던 탓이다.

처음부터 그랬던 건 아니었을 테다. 익숙한 환경 속에서 반복되는 행동을 거치면서 당연함과 지루함이라는 늪에 빠졌기 때문일 것이다. 시간의 흐름 앞에서는, 아무리 소중한 존재일지라도 퇴색되고 낡아지다 끝내 형체도 없이 작아지기에.

그러나, 미처 알아채지 못하는 것일 뿐 소중한 것들은 생각보다 그 몸집이 커다랗다. 눈에 잘 보이지 않을 뿐 그것들의 몸집이 거대하기에, 옆에서 사라지면 인생의 반쪽이

날아간 듯한 기분을 느끼게 될 수도 있다.

그렇기에 우리는 종종 멈춰서 소중하게 여겨야 할 것을 잘 들여다 보아야 한다. 익숙함에 속아 소홀하게 대하고 있는 건 아닌지.

그럼에도 불구하고

'그래 봤자'라는 말을 입에 달고 다니던 친구가 있었다. 그는 자신에게 다가오는 모든 좋은 기회를 쉽사리 놓치곤 했다. 자신의 능력을 낮게 평가하고 스스로를 우물 안에 가두어 둔 탓이었다.

나는 그 친구에게 '그럼에도 불구하고, 안 해보면 모른다'는 말을 입이 닳도록 말해 주곤 했다.

처음에는 아무런 변화도 없었다.

그런데, 어느 순간 그 친구의 '그래 봤자'는 '그래도 해볼까'라는 문장으로 바뀌기 시작했다.

그렇게 말하면서 자신감을 얻게 된 친구는 더 많은 기회를 잡을 수 있게 되었다. 자신의 능력을 보다 객관적으로 파악하게 되었고, 갑갑한 우물에서 나와 드넓은 바다로 헤엄쳐 나가기 시작했다.

이렇게 보면 인생은 참 단순하다. 결국 자신이 하는 말과 생각대로 결과가 나타나니까.

'그럼에도 불구하고'라는 말을 좋아하는 이유다. 비록 원치 않았던 일이 벌어졌더라도 그것과는 상관없이 노력하겠다는 말에서, 엄청난 용기와 불가능을 가능케 하려는 진정성이 느껴지기에. 여기에, 불가능을 가능하게 만드는 힘까지 들어 있기에.

자신을 믿지 못하는 사람들에게 이 말을 건네고 싶다.
'그럼에도 불구하고, 당신은 할 수 있다'고.

이해할 수는 없어도 안아 주고 싶다

'공감'은 참 이중성이 짙은 녀석이다. 누군가를 공감해 주는 행위는, 상대를 위로할 수 있는 가장 효과적인 방법이기도 하지만, 반대로 상대의 기분을 상하게 만들기도 쉽기 때문이다.

자신이 직접 겪지 않은 일에 대해 제대로 이해하거나, 그 감정을 헤아리는 일이 결코 쉽지 않은 까닭이다.

그렇기에 지레짐작해서 말을 건네면 상대에게 충분한 위로가 되지 않을 가능성이 크다. 오히려 가볍게 생각하여 쉽게 말한다는 오해를 받을 수도 있다.

공감이 효과적인 위로가 되는 첫걸음은, 자신이 결코 상대의 마음을 다 알지 못한다는 사실을 기억하는 것이다.

그리고, 직접 겪지 않았기에 다 이해할 수는 없겠지만, 그럼에도 불구하고 공감하고 이해해보려고 노력하겠다는 태도를 보여 주는 것이다.

상대를 완전히 공감하지는 못해도,
상대를 위해 자기 마음을 조심스레 건네려는 모습은
완벽한 공감보다도 때론 더 큰 위로가 된다.

말에는 보이지 않는 힘이 있다

적절한 시공간과 적당한 말 한마디가 합쳐지면, 영혼을 관통하여 마음을 비틀 수 있는 큰 에너지가 생긴다.

이 에너지는 선과 악의 성질을 다 가지고 있다. 시든 꽃처럼 죽어가는 사람을 언제 그랬냐는 듯이 살려낼 수도 있고, 건강한 에너지가 넘쳐흐르는 생기발랄한 젊은이를 마치 꺼져가는 촛불처럼 위태로운 모습으로 바꾸어 놓을 수도 있다.

이 에너지는 모든 물리 법칙을 무시한다. 한겨울에 휘몰아치는 차가운 칼바람 앞에서 온몸을 전부 녹일 만한 따스함을 만들어 낼 수도 있고, 나뭇가지에 걸쳐 있어 언제 떨어질지 모르는 바짝 마른 잎사귀 속에서 아름다운 꽃을 풍성하게 피워낼 수도 있다.

나는 특별한 이 에너지를 만들어 보고자 결심했다.

당신에게 내가 가진 소중한 말들을 골라 건네 보려 한다. 내가 건네는 말들이, 적절한 시공간과 합쳐진 적절한 말 한마디가 되었으면 하는 바람이다.

스스로를 소중하게 여기지 않는 당신의 마음에 끝없이 커다란 사랑이 피어났으면 한다. 당신이 소중한 존재임을 스스로 인지했으면 하는 바람이다.

무모한 용기가 아닌 철저한 용기

시작이 반이라는 구절을 참 좋아했다. 그래서 어떤 기회든 나에게 다가오는 것 같은 조짐을 보이면 아무 생각도 하지 않고 잽싸게 낚아채 열정적으로 시도하고 도전했다.

시작은 항상 좋았다. 실제로 시도했던 모든 것의 출발은 순조로웠고, 주변에서는 나를 무엇이든 도전하는 용감한 사람이라고 불러 주었다.

그런데, 시간이 흐르자 문제가 생겼다. 시작은 했는데 어떻게 지속시켜 나가야 할지, 어떻게 끝을 맺어야 할지 도통 감이 오질 않았다.

머뭇대고 있자, 나를 용감하다고 북돋아 주던 주변 사람들은 갑자기 돌변하더니 "네가 시작한 일이니 네가 알아서 해야지" 하며 비난하기 시작했다.

별다른 방법이 없었던 나는, 무작정 시작했던 것들을 일이 더 커지기 전에 그만두곤 했다. 다행히 무사히 넘어간 일도 있었지만, 아무런 대책 없이 시작한 일로 인해 발목을 잡혀버린 일도 많았다.

이러한 일련의 사건들을 겪으며 깨달았다. 시작이 반이라는 말은 맞지만, 끝을 어떻게 맺느냐가 더 중요하다는 것을.

이제는 무언가를 시작하기 전에 끝이 어떻게 될 지를 미리 생각하게 되었다. 항상 도전하며 용감하게 뛰어드는 사람은 아니지만, 계획적으로 신중하게 생각해서 선택적인 용기를 내는 사람이 되기로 한 것이다.

만약 뭐든 쉽게 시작하지 못한다는 이유로, 당신 스스로를 겁쟁이라고 느낀다면, 자책할 필요 없다.

용기가 없는 게 아니라, 선택해서 용기를 낼 만큼 신중한 것일 뿐이니까.

끝맺음이 시작보다 중요한 것을 알기에,
무모한 용기보다 철저한 용기를 선택했을 뿐이다.

나에게 먼저 친절할 것

우리는 자기 자신에게 함부로 대하는 경향이 있다.

너무나도 가혹한 규칙의 틀 안에 가둬 두고, 이 틀에서 자신의 행동이 조금이라도 벗어나면 스스로에게 채찍질하기 바쁘다.

아마 남에게 채찍질하기를 싫어하는 고운 마음씨에서 나온 행동일지도 모르겠다. 남에게 기대하고 바라며 고통을 주느니, 차라리 자신만을 통제하겠다는 그런 마음.

그런데, 남에게 무엇 하나 함부로 하지 않는 사람이 스스로에게는 함부로 한다는 게 말이 되는가?

당신이 조금만 더 자신을 아껴 주었으면 좋겠다.

남한테 잘해 주는 만큼만이라도
자신을 사랑해 주었으면 하는 바람이다.

주저앉지 말 것

용기를 잃지 말 것.
자신과 맞서 싸워야 할 테니.

나태해지지 말 것.
언젠가 다시 일어나야 할 테니.

포기하지 말 것.
승리는 결국 당신의 편일 테니.

그리고
자기 자신으로 살 것.
인생이 당신 것이 될 테니.

여운이 오래가는 사람

세상에는 수많은 영화가 있다. 그중에서 사람들이 좋아하는 영화는 따로 있다. 도입부터 액션이 가득하고 한 치의 긴장도 늦출 수 없는 자극적인 영화다. 잠시라도 한눈 팔기 어렵고, 반전요소가 가득해서 결말을 장담할 수 없는 그런 영화 말이다.

사람들이 썩 좋아하지 않는 영화도 있다. 시작부터 지루하고 긴장감이 하나도 없어 꾸벅꾸벅 눈이 감기며 졸음이 쏟아지는 그런 영화. 반전요소도 없어 전반적인 내용과 결말이 훤히 보이는 영화다.

하지만, 영화가 끝나고 나면 시작할 때 느꼈던 감정과 다

본 뒤의 감정이 매우 다른 것을 알게 된다.

재밌게 느껴지는 영화는 마치 공허한 일탈행위와 같다. 당장 그 순간에는 자극적이고 재밌게 느껴지지만, 끝나고 나서 돌이켜 보면 실질적으로 남는 게 하나도 없다. 순간의 짜릿함만이 있을 뿐이다.

반면, 지루하게 느껴지는 영화는 우리의 일상을 닮았기에 자극적이지 않아 처음에는 별로 매력적이지 않게 보일 수 있다. 하지만, 보면 볼수록 지루함 속에서 깨닫지 못했던 숨겨진 기쁨과 슬픔, 인생에 대한 깊은 성찰과 통찰이 담겨 있어 오래도록 마음을 울린다.

인간관계도 마찬가지다.

자극적인 말을 통해 유머를 구사하는 사람은 그 순간에 분명 재밌을 것이다. 하지만, 알맹이를 찾아볼 수 없는 모습에 결국엔 질려 떠나게 되는 경우가 많다.

반면, 말도 없고 잔잔하며 한결같은 사람은 처음에는 재미가 없을 수 있지만, 솔직담백한 모습과 진심이 담긴 진정성 있는 모습으로 오래도록 기억에 남곤 한다.

당신은 여운이 오래가는 사람이 되었으면 좋겠다. 스쳐지나가지 않고, 알면 알수록 깊이가 느껴지는 그런 사람이 되었으면 한다.

눈부신 꽃이 되기보다

찬란하게 피는 꽃이 되고 싶겠지.
모두가 아름답게 피어나는 계절에
발걸음을 맞추고 싶을 테니까.

하지만,
눈부신 꽃이 되기보다는
따스한 계절이 되었으면 한다.

모두가 아름답게 피어날 수 있도록
용기를 주는 사람이 되었으면 좋겠다.

그것이 진짜 아름다움이니까.

남의 답안지를 들여다보지 말 것

인생은 선택의 연속이라고 한다. 이러한 선택의 상황에서 우리는 어느 것이 좋고 어느 것이 나쁜지 알 방도가 없다. 결과가 나온 뒤에야 만족이라는 감정을 통해 그것이 좋은 선택이었다고 판단할 수 있고, 후회라는 감정을 통해 그것이 나쁜 선택이었다고 판단할 수 있기 때문이다.

이 선택의 갈림길에서, 우리가 스스로의 판단만을 가지고 길을 가는 건 쉽지 않다.

길 앞에 선 우리는, 다수가 선택한 길을 가도록 강요받기 때문이다. 그렇지 않은 길은 틀린 길인 것처럼, 모두가 약속이라도 한 것처럼 말이다.

나 또한 마찬가지였다. 마치 내게 선택권이 있는 양 굴었지만, 생각해 보면 세상이 정답이라고 말하는 길을 걸어왔다.

대학에 들어가려 애썼고, 졸업하고선 20대가 지나기 전에 번듯한 직장에 자리를 잡으려 했다. 30대에는 결혼을 위한 자금을 마련하기 위해 노력해 왔다.

내가 해 온 선택들의 대부분은 '평범한 인생'이라는 명목하에 강제성을 띠고 있었다.

지금 알게 된 건, 다수가 걷지 않은 길을 선택했다고 해서 그 결정이 오답이 되는 건 아니라는 것이다. 오히려 정답이라고 생각했던 선택이 오답이었고, 오답이라고 여겨졌던 선택이 정답이었다.

인생은 선택의 연속이라는 것을 부인할 생각은 없다.

하지만, 대다수 사람과 다른 선택이 틀린 선택이 아니라는 것을 미리 알았으면 참 좋았을 텐데.

선택이 좋은지 나쁜지는

자신의 답안지를 기준으로 채점해야지,

남의 답안지를 들여다본다고 알 수 있는 게 아니었다.

인생에는 때와 시기가 있다

하염없이 깊어 보이는 드넓은 저 바다도
어느 적당한 시점에 어느 적당한 바람을 만나
형형색색의 에메랄드빛 파도를 자아낸다.

인생도 별다른 바가 없다.

하염없이 어둡게만 보이는 우리의 앞날도
어느 적당한 날들을 몇 번 만나
우리가 가진 색이 달라지는 날이 찾아오곤 한다.

그렇게 인생에는 아름다운 날이 종종 찾아오곤 한다.
당신과, 당신의 노력이 적당히 만나.

시간은 의미를 만들어 준다

어려서부터 시간이라는 도구를 참 좋아했다. 상대가 괜찮은 사람인지를 가려내기 위해 시간을 이용하는 것만큼 효과적이고 완벽한 방법은 없었던 까닭이다.

기준은 딱 한 가지였다.

서로의 시간을 소중하게 여기는지 그렇지 않은지.

괜찮은 사람들은 나와의 시간을 소중히 여겼다. 없는 시간이라도 쪼개어 내서 나와 함께하는 시간을 풍성하게 만들었다.

반면, 그렇지 않은 사람들은 시간이 있어도 그 시간들을 흘려보내기 일쑤였다. 나의 시간을 갉아먹기까지 하며, 자신의 시간은 물론, 나의 시간마저도 함부로 대했다.

나는 당신이 서로의 시간을 소중히 여기는 사람을 만나면 좋겠다. 당신과, 당신의 시간은 너무 소중하기 때문이다.

소중한 당신을 위해
모든 글에 나의 시간을 먼저 담아 두었다.

앞만 보고 달리지 않기로 했다

인생을 살다 보면 전력 질주를 해야만 하는 시기가 찾아온다고 한다. 주변에서 들리는 이야기로는, 그 시기를 놓치면 앞으로는 기회가 찾아오지 않을 거라고 한다.

그런데 어째서일까. 기회가 있을 때 바로 달려가서 잡아야 한다고 생각했던 내가, 가던 길에서 뒷걸음질치기 시작했다.

이유는 간단했다. 전력 질주를 하는 것은 물론 좋지만, 주변의 소중한 것들을 놓치게 될까 두려웠다.

그런 나의 마음을 몰랐는지, 모든 사람이 나의 선택을 비난하기 시작했다.

그럴 만도 했다. 목적지에 가까워지고 있는 것이 두 눈에 훤히 보이는데 미치지 않고서야 누가 중간에 포기하려고 하겠는가?

그럼에도 불구하고 나는 주변의 소중한 것들을 보기로 마음먹었고, 전력 질주를 포기했다.

지금 와서도 나는, 나의 선택에 후회하지 않는다. 속도를 늦춘 덕분에, 지는 노을의 아름다움을 느낄 수 있었으니까. 편안한 호흡을 하며 걸어가기로 마음먹은 덕분에, 꽃들의 향기를 맡을 수 있었으니까.

같은 인생길을 걸어가더라도 완전히 다른 것들을 볼 수 있다. 그것은 전적으로 자신이 어떤 선택을 내리느냐에 달렸다.

누구나 마음속에 아름다운 꽃을 품는다

좋아하는 골목이 있다. 그 골목에는 일 년 내내 꽃이 핀다. 저마다 다른 색을 가진 꽃들이 계절마다 다르게 피어나니 갈 때마다 다른 분위기를 자아낸다. 몇 년 동안 찍어 온 골목의 풍경이 담겨진 사진첩을 볼 때마다 미소가 절로 난다.

내가 그 골목을 좋아하는 진짜 이유는 일 년 내내 꽃이 피어서가 아니다. 그 골목의 꽃들이 가진 깊은 배려심 때문이다.

하나의 꽃이 피는 동안, 다른 모든 꽃이 그 꽃을 위해 피어나지 않고 기다려 준다. 활짝 피어난 꽃의 아름다움에 분명 질투가 날 것이 분명한데도 불구하고.

그 골목은 그 자체로는 아름답지 못했을 것이다. 찰나의 눈길조차 받지 못하는 평범하기 짝이 없는 골목이었으니. 그러나, 사계절 내내 서로를 양보하는 꽃들이 그곳을 눈부시게 아름다운 공간으로 만들었다.

우리의 삶이 진짜 아름다워지는 순간 또한 자신의 꽃잎을 활짝 피워낼 때가 아니라, 자기 차례가 올 때까지 준비하는 그 순간일지도 모르겠다.

그 과정에서 묵묵히 서로의 아름다움을 감탄하고 축복해주는 그 순간이, 진짜 아름다운 순간일지도 모른다.

그러니 잠시 쉬어 갔으면 한다

누구나 성장하길 원한다. 성장하면 세상을 바라보는 시야가 넓어져 더 현명한 선택을 내릴 수 있기 때문이다.

그런데, 성장의 대부분은 고난과 역경을 통한 성찰 속에서 이루어진다. 실패를 통해, 어떤 선택이 나쁜 결과를 가져온다는 것을 배우게 됨으로써 말이다.

이러한 이유로 어떤 사람들은 성장이라는 목표를 위해 무엇이든 가리지 않고 도전하고 실패하며 고난과 역경에 무작정 부딪힌다.

이들은 초반에는 성장을 거듭한다. 그러나, 수많은 실패가 쌓이고 쌓이다 보면 결국에는 무너지고 만다. 먼저 몸이 무너지고, 그다음에는 몸과 연결된 마음이 속수무책으로 무너져 내린다.

그렇게 한없이 무너지고 나면, 아무리 많이 성장한 사람이라도 다시 일어나기 힘겨워진다. 성장을 위해서 한 행동이 도리어 성장하지 못하도록 오랫동안 발목을 붙잡는 것이다.

그러니, 만약 당신이 성장을 위해 쉬지 않고 도전하고 있다면 잠시라도 쉬어 갔으면 한다.

당장은 빠른 길처럼 보이겠지만 쉬지 않고 성장하는 일은 끝내 당신을 주저앉힐 테고, 당장은 돌아가는 길처럼 보이겠지만 적절한 휴식은 당신에게 더 큰 성장을 가져다 줄 테니.

밤이 되어야 비로소 빛난다

누구나 밤하늘의 별처럼 높은 곳에서 밝게 빛나기를 원한다. 그래야 다른 사람들이 자신을 올려다볼 수 있으니까. 어쩌면 인간의 본능인지도 모르겠다.

나 또한 그랬다. 밝게 빛나는 별들이 가장 아름다웠다. 짙은 하늘 속에서 세상을 환하게 밝혀 준다는 것, 말만 들어도 심장이 뛰도록 황홀하게 느껴졌다.

그런데 언제부터일까. 머릿속에 부정적인 생각들이 하나둘씩 아름다움을 방해하기 시작하는 나이가 되었을 때, 별에 관한 생각이 조금씩 달라지기 시작했다.

눈부시도록 밝았던 별은, 아침이 되자 그 빛을 잃어버렸다. 시간이 흘러 밤하늘이 어둠의 무대를 깔아 주자, 그제야 빛을 되찾았다.

반짝이는 별이 아름다운 건 사실이었지만, 별이 반짝일 수 있도록 무대를 깔아 주는 어둠이 더 아름다웠다.

굳이 빛나는 별이 되지 않아도 괜찮았다. 밤하늘처럼 묵묵하게 누군가를 밝게 비춰주고, 힘이 되어줄 수 있다면.

그런 것이 진짜 아름다움이니까.

힘든 일을 피할 필요는 없다

이유 없이 나쁜 예감이 들 때가 있다. 우리는 흔히 이것을 촉이라고 부른다. 그런데 정말 신기하게도, 과학적으로 입증되지 않은 이것이, 때때론 소름 끼치도록 잘 들어맞는 경우가 있다.

친구 중 하나는 안 좋은 예감이 들 때마다 헛웃음을 짓는 습관이 있었다. 그의 헛웃음 뒤에는 항상 나쁜 결말이 따라온다는 것을 알게 된 사람들은, 그 웃음이 보일 때마다 빠르게 자리를 뜨곤 했다.

떠난 사람들이 좋지 않은 결말을 많이 피할 수는 있었을지는 몰라도, 나는 그 촉이 과학적으로 입증되었으면 하는 바람은 절대 없다. 우리는 좋지 않은 경험을 통해 비로소 성장하게 되기 때문이다. 물론 자신의 선택에 후회하며 슬퍼도 하겠지만, 먼 훗날 더 나은 선택을 할 수 있는 지혜를 얻을 수 있다.

힘듦이 예상되는 것들을 전부 피할 필요는 없다. 예상조차 하지 못했다며 한탄할 필요도 없다. 지금 당장은 힘들지 몰라도 그것이 계기가 되어 커다란 성장의 원동력이 될 테니까.

힘들겠지만, 이겨낼 수 있고,
잘해내리라 믿는다.

3장

나에게

용기를

전한다

빛나지 않는 기억은 있겠지만,
빛나지 않는 노력은 없다.
당신은 벌써부터 빛이 난다.

모든 슬픔에는 끝이 있다

작은 소나기를 만난 것처럼 갑작스럽게 슬픔에 젖을 때도 있었고, 하늘이 무너져 내린 것 같은 극심한 괴로움에 시달릴 때도 있었다.

하지만, 만났던 모든 슬픔은 결국 끝이 났다.

삶의 패턴은 이렇게 단순하다. 시작된 것은 언젠가 끝이 나고, 끝난 것은 언젠가 다시 시작된다.

지금 좋지 않은 일을 겪고 있다면, 이제는 좋은 일들이 다가오기 시작할 것이다. 지금까지 어두운 나날들을 보냈다면 앞으로는 밝은 날들이 기다리고 있을 것이다.

동트기 전 가장 어둡듯,

비 온 뒤 무지개가 뜨듯,

먹구름이 걷힌 후 화창한 햇살이 비추듯.

혼자 슬퍼하지 않기를

힘겨운 감정을 혼자 짊어지려는 습관이 있었다. 우울한 기분이 들 때면 우울한 노래를 틀어 어두운 감정의 구렁 텅이로 나를 빠트리기도 하고, 일부러 슬픈 영화를 틀어 억지로 눈물샘을 자극하기도 했다.

힘든 감정을 즐기는 사람처럼 보일 수도 있다. 그렇지 않 다. 사실, 나의 감정으로 인해 괜히 누군가의 시간과 노력 을 빼앗기 싫어서 그런 것이었다.

그 어떤 말을 들어도 공감과 위로가 되지 않을 것 같고, 그 어떤 행동도 나의 기분을 풀어 줄 수 없을 것 같아서.

그래서 혼자서 헤쳐나가는 게 덜 부담스럽다고 판단했던 것이었다.

그러나, 혼자 모든 감정을 짊어지는 건 어려운 일이었다. 우울한 노래를 듣고 더 깊은 우울에 빠져 허우적거렸고, 슬픈 영화를 보고 흘린 눈물에 마음이 더 아파지곤 했다. 혼자서 힘든 감정을 끌어안는 건, 결코 현명한 방법이 아니었다.

만약 당신도 나와 같은 이유로 힘든 감정들을 혼자 버티고 혼자 헤쳐나가려고 한다면, 이제는 그 방식을 조금 바꾸어 보면 좋겠다.

누군가에게 먼저 도움을 요청해 보는 거다. 물론, 그 손길이 당신이 원하는 만큼의 충분한 공감과 위로가 되지 않을 수는 있다. 하지만 괜찮다. 목적은 공감과 위로가 아니니까.

누군가에게 도움의 손길을 청하는 것을, 공감과 위로를 받기 위함이 아닌, 자신의 현재 상황을 누군가에게 털어 놓기 위함이라고 생각해 보자. 그 어디에도 말하지 못했던 자신의 힘든 이야기를 털어 놓는 것만으로 마음의 안정이 찾아올 때가 많다.

그런 과정 속에서 예상치 못했던 선물을 받게 될 수도 있다. 우연히 나의 아픔과 모양이 맞는 사람을 만나게 되어, 서로에게 둘도 없는 소중한 존재가 될 수도 있다.

조금은 어설프고 부족해도 함께했으면 한다. 감정의 무게는 혼자 들 때보다 둘이 들 때가, 둘이 들 때보다 여럿이 들 때 더 가벼워지기에.

도전하는 자는 항상 성공한다

아무리 가능성이 적은 상황이더라도, 도전에 대한 마음가짐에 따라 실패하는 사람와 성공하는 사람이 나뉜다.

실패하는 사람은 가능성이 별로 없으니 절대로 하지 못할 거라고 말하는 사람이다. 그는 너무 많은 생각과 너무 많은 걱정에 발목이 잡혀 아무것도 하지 못한다.

성공하는 사람은 가능성이 아주 없지 않으니 아마도 하면 될지도 모른다고 말하는 사람이다. 그는 기회는 오는 것이 아니라, 만드는 것이라고 말한다.

성공하는 사람에게는 특별한 점이 한 가지 더 있다. 결과와는 상관없이 항상 성공한다는 점이다.

바로, 도전하는 사람만이 느낄 수 있는 심장의 고동 소리 때문이다. 그걸 느꼈다면, 결과와는 무관하게 그는 항상 인생에서 성공하는 사람이다.

멈춰야 비로소 보이는 것들

살면서 가장 후회했던 때를 꼽으라면, 단번에 생각나는 시점이 있다. 나만의 길을 개척하겠다며, 모든 인간관계를 정리하고 이기적으로 살던 때다.

그 시절 나는, 세상에 믿을 사람은 나밖에 없다는 구절을 머릿속에 되새기며 살았다. 스스로를 세상과 단절시켰고, 오로지 나의 미래만을 위해 달렸다.

부질없는 짓이었다. 그 시절의 아름다움과 행복을 그대로 두고 지나치고 말았다. 내가 서 있던 공간은 분명 아름다웠고, 지나친 순간은 행복했을 텐데.

그 시절의 사람들 또한 그대로 두고 지나갔다. 함께 쌓아 왔던 추억은 귀한 것이었고, 함께 만들 기억은 무엇보다 값진 것이 되었을 텐데. 소중한 것들을 놓치고 말았다.

요즘에는 나의 길을 걷더라도 잠시 멈추어 주변을 되돌아 보는 시간을 갖는다. 앞으로 가는 것보다 더 소중한 것들 이 바로 옆에 있을 수도 있으니까. 그것들을 무심결에 지 나쳐 버리게 될 수도 있으니까.

소중함은 멈춰야 비로소 보이고,
멈춰야 비로소 소중함을 느낄 수 있다.

괜찮지 않아도 괜찮다

"괜찮아"라는 말을 입버릇처럼 달고 산 적이 있다. 상대가 상처받을까 봐 걱정되기도 했고, 누군가에게 신세 지는 것을 싫어하는 성격 탓이기도 했다.

내가 괜찮다고 말한 대답의 대부분은 거짓말이었다. 좋게 말하면, 상대를 배려하는 마음에서 나온 선의의 거짓말이라고 할 수 있지만, 나쁘게 말한다면 그저 자신의 감정 하나조차 똑바로 표현하지 않는 거짓말쟁이였기 때문이라고 할 수 있었다.

한동안 나에게 솔직하지 못한 탓이었는지, 점차 내가 정말 좋아하는 게 무엇인지 내가 싫어하는 게 무엇인지 감이 오지 않게 되었다.

무언가 내 마음에 큰 문제가 생기고 있었음을 깨닫고 난 뒤, 나는 솔직하게 말해 보기로 했다.

놀랍게도, 있는 그대로 전달해도 상처받는 사람은 하나도 없었다. 누군가에게 신세를 지는 일도 내가 생각한 만큼 나쁜 일이 아니었다. 오히려 서로 더 가까워지는 계기가 되곤 했다.

만약 당신이 나와 같다면, 자신의 마음에 솔직해져도 큰 문제가 될 게 없다고 말해 주고 싶다. 괜찮다며 스스로를 속이면서 자신을 잃어버리기 전에, "괜찮다"라는 말은 잠시 주머니에 넣어 두고 자신의 의사를 제대로 표현해 보았으면 한다.

괜찮지 않아도 정말 괜찮다.

시간이 부족하다는 의미

"시간이 없어서 못한다"라는 말을 들으면 비웃음을 짓곤 했다. 그저 시간이 없다는 핑계로 새로운 일에 도전하지 않는 게으른 사람이라고 판단한 까닭이다.

세월이 지나니 생각이 조금 바뀌었다. 모든 여가와 휴식을 포기하고 인생에 치여 사는 사람이 생각보다 많다는 것을 깨닫고 난 뒤였다.

요즘엔 이런 사람들이 특히나 많아졌다는 걸 실감한다. 쉼을 포기하고 산다는 '쉼포족'이라는 단어도 생겨났을 정도니까.

힘듦을 감내하고 휴식을 멀리하는 것이 옳다는 것은 아니지만, 그만큼 열심히 산다는 것이니 어찌 게으르다고만 할 수 있겠는가?

그러니 당신이 만약 시간이 부족해서 어떤 일을 하지 못하고 있다면, 오히려 자부심을 가져도 좋다.

누구보다 더 열심히 살고 있는 탓일 테니.

지금 어디로 달리고 있나요

살다 보면 선택의 순간이 온다.

그때, 자신의 의지대로 선택하면 더할 나위 없이 좋겠지만 세상은 그렇게 호락호락하지 않다. 선택의 갈림길에 정답과 오답이라는 이름표를 걸어 두고, 정답이라고 써진 길을 선택하도록 강요한다.

그런데 세상에 과연 정답과 오답이 있을까? 사회에서는 현재의 틀 안에 있는 선택들을 정답이라고 부르고, 여기서 벗어난 선택들을 오답이라고 부른다. 오답을 선택한 사람들을 사회 부적응자라고 말하면서.

선택사항이 아닌, 타고난 조건에도 정답과 오답을 정해 놓는다. TV를 보면 인기 있는 연예인들은 모두 비슷한 얼굴을 하고 있다. 사회에서 정답이라고 칭하는 얼굴인 것이다.

그러나, 인생에 정답이나 오답은 없다. 서로 다른 선택지만 있을 뿐이다. 모두 다르게 태어났으니 모두 같은 선택을 하기 위해 노력하지 않아도 된다.

다음에 선택의 갈림길에 서게 되면,
세상이 아닌 당신의 정답을 선택하면 좋겠다.

서두르지 않아도 괜찮다

찰나의 답답함도 느껴지지 않을 정도로 모든 게 신속하고 빠르게 변하는 세상이다.

빠른 게 좋다는 것을 부정할 생각은 없다. 돈만 내면 내가 원하는 물건이 반나절도 지나지 않아 집 앞으로 배송되고, 마음만 먹으면 지구 반대편에 있는 사람과 바로 옆에 있는 것처럼 대화할 수 있으니까.

그러나, 속도가 느려서 답답함을 느꼈던 과거와는 달리 요즈음의 빠른 속도는 우리의 내면에 답답함을 자리잡게 만든 듯하다.

우리는 인생이라는 단어를 눈에 익히기 시작함과 동시에, 낮에 뜬 아름다운 구름과 밤하늘의 반짝이는 별을 올려다 볼 여유도 없이 앞만 보고 전력 질주를 해야만 한다.

인생이 쉴 새 없이 던지는 질문에 정신없이 대답하고 나면, 어느샌가 늦게 알아차린 소중한 것들과 작별 인사를 하고 세상을 떠날 준비를 해야 한다.

재빠르게 변화하는 세상의 속도에 우리의 시간을 욱여넣으려다 보니, 소중한 사람도 알아보지 못하고, 스스로까지 잃어버리는 세상이 된 것이다.

참으로 안타깝고 답답한 현실이다.

답답함 속에서 우리는 조급해졌지만,
조급함 속에서 우리는 답답해졌다.

매번 넘어져도 매번 일어날 수 있다

이번이 정말 마지막이라고 다짐했지만, '역시'라는 단어 앞에 처참히 무너졌다. 매번 그랬듯 인생이라는 절벽을 올라가다 다시금 낭떠러지의 끝으로 한없이 깊게 떨어지고 말았다.

계속해서 넘어졌다. 인생이라는 녀석은 마치 나의 용기가 부족했다는 듯이 주기적으로 나의 발목을 걸어 넘어트렸다.

어쩌면 내가 욕심이 많았던 건지도 모르겠다. 어쩌면 내가 능력이 부족했던 건지도 모르겠다.

그 누구보다 열심히 살고 있다고 생각했는데, 어느 순간 정신을 차려 보면 아무것도 이룬 게 없어 보이는 내가 한심하게 느껴졌다.

그럼에도 불구하고, 무작정 열심히 살기를 선택했다.

반복된 고통에 지쳤음에도 불구하고, 의미 없는 관계에 질렸음에도 불구하고, 끝이 보이지 않는 노력이 지겨움에도 불구하고, 끊임없이 다가오는 실패에 허탈함에도 불구하고. 슬픔이 담긴 눈물 대신, 용기가 담긴 땀방울을 흘렸다.

어느 순간부터 무표정이 가득했던 나의 입가에 미소가 생기기 시작했다.

내번 넘어지더라도,
매번 일어날 수 있음을 알게 된 까닭이었다.

당신은 벌써부터 빛이 난다

인생은 가까이서 보면 비극이지만, 멀리서 보면 희극이다. 아무리 힘들었던 순간들도 돌이켜 생각해보면, 웃으며 넘길 수 있는 이야깃거리가 된다.

지금 힘든 시기를 겪고 있다면, 먼 훗날 웃으며 넘길 수 있는 당신만의 자랑거리를 만들고 있다고 생각했으면 좋겠다.

물론 시간이 흐른다고 모든 순간을 전부 다 웃어넘길 수는 없겠지. 웃어넘긴다고 해도 지난날 겪었던 고통이 전부 다 없어지지는 않겠지.

하지만 한 가지 확실한 건, 당신은 정말 최선을 다해 노력했고, 노력한 당신은 아름답다는 것이다.

그런 고난과 역경이 가득한 힘든 순간들을 이겨내었다면 모두에게 자랑할 만하고, 모두에게 칭찬받아 마땅한 것이 틀림없다.

빛나지 않는 기억은 있겠지만,
빛나지 않는 노력은 없다.
당신은 벌써부터 빛이 난다.

마음을 외면하지 말 것

이해받지 못한다는 생각에 마음의 상처가 생긴 사람은, 마음의 문을 굳게 닫는다. 다가오는 누군가로 인해 또다시 마음에 상처가 생길까 두려운 탓이다. 자신을 안아 주러 온 사람이 혹여나 똑같은 위치에 상처를 내고 갈까 봐.

마음속 깊은 곳을 열어 보면, 분명 누군가가 따뜻하게 안아 주고 자신을 알아주길 간절히 바라고 있을 텐데도 아무도 다가오지 못하게 철벽을 친다.

이러한 이중적인 상황이 지속되면, 세상에서 가장 괴로운 것인 줄만 알았던 '이해받지 못한 마음'에 변화가 생기게 된다.

바로 '스스로조차 자신의 마음을 알 수 없게 되는 것'이다.

진짜 문제는 지금부터다. 이제는 자신이 원하는 게 무엇인지 모르는 상태가 된다. 자신이 좋아하거나 정말 바라는 것들을 계속해서 외면한 결과다. 자신이 결정하는 건 맞지만, 진정 원하는 것을 알지 못하기에 결정을 내려도 만족감이 들지 않는다.

계속해서 숨겨야 했던 탓에 자신의 감정을 지각하기도 어려워진다. 실제론 망가지고 있음에도 불구하고 전혀 개의치 않는 표정을 짓게 된다.

그렇게, 마음의 상처는 점점 커진다. 회피하면 회피할수록 상처는 더 깊게 파고들기 때문이다.

이때, 절실하게 필요한 건 자신의 마음을 인정하는 것이다. 마음속에 아픈 상처가 있음을 더 이상 회피하지 말고 있는 그대로 인정하는 것이다.

그리고, 마음이 하는 말을 외면하지 않는 것이다. 사실 사람이 싫은 게 아니라 두려웠을 뿐이라고, 다정하게 안아 줄 누군가를 필요로 한다는 마음의 말을 듣고, 고립에서 벗어나야 한다.

그렇게 마음의 상처를 인정하고 솔직하게 마주하여, 자신이 정말 좋아하고 진정 바라는 것들에 귀를 기울이고 하나씩 원하는 것을 선택해 나갈 때, 그제야 마음은 스스로를 치유하기 시작한다.

그러니, 지금 당장 아프다고 하여 마음의 상처를 외면하지 않았으면 한다. 현재가 너무 힘들다고 정말 원하는 것들을 외면하지 않았으면 한다. 그로 인해 더 큰 상처를 입게 될까 염려하는 바다.

그거면 됐다

많이 참았을 텐데,
그럼에도 버틸 수 없었겠지.

수없이 노력했을 텐데,
그럼에도 쉽지 않았겠지.

몇 번이고 생각했을 텐데,
그럼에도 다른 방법이 없었겠지.

그것이면 되었다.
최선을 다했을 테니.

올라갈 때는 보이지 않던 것들

하나의 목표만을 성취하기 위해 맹목적으로 달리는 사람들이 많다.

대학 진학이나 취업, 결혼이나 육아 혹은 은퇴 준비 등 자신이 정해 놓은 목표를 이루기만 하면 행복해질 거라 굳게 믿으며, 인생의 다른 재미는 뒤로 젖혀둔 채 무작정 달리는 것이다.

그런데, 막상 목적지에 도착한 그들에게는 아이러니한 일이 펼쳐진다. 달려온 그 길을 도로 거슬러 올라가고 싶은 마음이 드는 것이다.

달리느라 그 길에서 놓친 소중한 사람들, 여유가 없어서 만들지 못했던 소중한 시간들이 커다란 후회로 밀려오는 까닭이다.

달리느라 주변 풍경의 아름다움을 눈에 담거나 스치는 바람과 함께 호흡할 여유가 없었다는 것을 뒤늦게 깨닫기 때문이다.

그들은 그렇게 멈추고 나서야 비로소, 진짜 행복이 어디에 있었는지 알게 된다.

빨리 지나치려고 애썼던 소소한 일상들이, 실은 진짜 행복의 순간이었음을. 행복은 언제나 결승선 끝이 아니라 가는 그 길 위에 있었음을.

사실 당신은 충분히 강하다

간절함 앞에선 불가능이 없고,
절박함 끝에선 두려움이 없다.

두려움이 용기로 바뀌는 순간,
알게 된다.

당신은 생각보다 강하다는 것을,
세상은 생각보다 약하다는 것을,
당신도 결국 할 수 있다는 것을.

앞으로 나아갈 것

자책하지 말 것.
최선을 다했을 테니.

후회하지 말 것.
더 나은 선택이 없었을 테니.

무너지지 말 것.
언젠가 다시 힘차게 일어나야 할 테니.

서두르지 말 것.
조급하면 할 수 있는 일도 하지 못할 테니.

행복을 위한 달리기

'실패는 성공의 어머니'라는 말이 있다. 실패로 인해 얻게 된 지식과 노하우가 앞으로 다가올 또 다른 실패를 걸러 낼 수 있는 능력을 길러 준다는 뜻이다.

그래서인지, 실패를 걸러내는 능력을 키우기 위해 자기 자신을 억지로 구렁텅이 속으로 밀어 넣으며 인생의 모험 을 떠나는 사람들이 꽤 많다.

나 또한 마찬가지였다.

젊어서의 경험은 고될수록 값지다는 말을 듣고 혹한 나머 지, 이것저것 가리지 않고 모든 기회를 붙잡아 억지로 도전하기 바빴다. 실패가 눈앞에 훤히 보일지라도 전혀 이상함을 느끼지 못했다. 마치 실패가 목적이라도 되는 듯 행동했다.

시간이 얼마나 지났을까. 몸과 마음이 상처투성이가 되었다. 더 이상 버틸 수 없었다. 웬만한 휴식으로는 도저히 회복이 되지 않았다. 후회가 몰려왔다.

그때 깨달았다. 굳이 지식과 노하우를 위해 실패를 자처하지 않아도, 인생이 던지는 질문들로 인해 우리의 몸과 마음은 어쩔 수 없이 상처투성이가 된다는 걸.

행복만 찾아 헤매도 힘든 것이 인생인데, 불행을 찾아 헤매고 있었다니. 너무 어리석었다.

이제는 행복을 위해 달려야겠다.

마음껏 살아도 좋다

생각보다 많은 사람이 '자신이 살고 싶은 대로 사는 것'을 두려워한다.

그도 그럴 것이, 사회는 성공이라는 단어에 정답처럼 보이는 인생을 넣어놓고 우리를 우물 안 개구리처럼 살게 하기 때문이다. 마치 이를 벗어나는 건 오답인 것 마냥.

그러니 우물 밖으로 나가려고 시도하는 개구리는 마치 정상이 아닌 것처럼 보인다. 우물 밖에 어떤 세상이 펼쳐질지 알 수 없고, 안전하다는 보장도 없으니까 말이다.

나 역시 우물 안 개구리였다. 하고 싶은 건 마음속에 묻어 두고, 사회가 말하는 대로 남들과 똑같이 학교에 다니고, 직장을 구하고, 적당히 돈을 벌기 시작했다.

그런데, 인생이 적당히 흘러가던 어느 시점, 하고 싶은 것을 하지 못하는 현실이 너무나도 싫어졌다.

그래서 살고 싶은 대로 살고자, 하고 싶은 것을 하기로 했다. 바로 글을 쓰기 시작한 것이다.

모두가 비웃었다. 마치 '그딴 걸 왜 해?'라는 표정으로 나를 바라봤다. 그럴 만도 했다. 나는 필체도, 필력도 좋지 않았다. 국어 점수는 평균 이하였고, 전공도 문학과는 거리가 멀었으니까.

그렇지만 오히려 계속해서 글을 썼다. 우물을 빠져나간 개구리를 보고 모두가 어떤 표정을 지을지 너무나도 궁금했기 때문이었다.

증명도 하고 싶었다. 살고 싶은 대로 살아도 괜찮다는 것을, 그 누구도 주저하지 않아도 된다는 것을.

시작부터 박수받을 수는 없겠지만, 시작하는 자가 결국 승자라는 것을 증명하고 싶었다.

우물을 빠져나왔을 때 사람들의 표정을 잊을 수가 없다. 비웃음으로 가득했던 얼굴에는 어느샌가 질투가 자리 잡고 있었다.

결국 증명했다.
시작하지 못해 후회하는 것보다는,
일단 시작하는 것이 옳다는 것을.

빛이 나는 어둠

밤하늘처럼 묵묵한 당신이 좋다.

빛나는 별이 찬란함을 수놓겠지만,
은은한 달빛이 영롱함을 부르겠지만,
당신이 지그시 품어야만 비로소,
자신감을 갖기 시작하니까.

그래서 나는 당신이 참 좋다.

진심은 드러나게 마련이다

가식이라는 꽃의 향기는 정신을 홀릴 정도로 달콤하다. 그럴 만도 하다. 빈말이라도 자신이 듣고 싶어 하는 말만 해주는 사람을 어찌 싫어할 수 있겠는가?

반면, 진심이라는 꽃의 향기는 썩 좋지 않다. 꾸밈이 없는 향기는 단번에 사람을 사로잡을 수 없으니 무시당할 수밖에 없다.

하지만 여기서 간과된 것은, 가식의 향기는 언젠가 옅어지고, 진심의 향기는 더욱더 진해져 열매를 맺기 시작한다는 것이다.

열매는 그 자체로 향기롭진 않지만 실로 달콤하다. 열매를 맺기까지는 오랜 시간이 들지만, 맺고 나서의 그 결실은 실로 대단하다. 이는 진심이라는 꽃을 구별할 수 있는 사람만이 쟁취할 수 있다.

사람들이 가식을 좋아한다고 해서 당신마저 가식의 꽃을 피워 낼 필요는 없다.

나는 오히려 당신의 열매가 기대된다.
진심으로 키워 낸 당신의 열매가 좋다.

가질 수 없어서 가질 수 있었던 것

인생에서 가장 암울한 시기였다. 이미 나락에 떨어져 있던 나는, 더 잃을 것이 없었기에 낭떠러지로 몸을 던졌다.

순간, 인생 최대의 변화가 시작되었다.

손에 아무것도 쥐여 있지 않았고, 무언가를 쥐고자 하는 욕심도 없었다. 그래서 도전 앞에서 망설이지 않았다.

나락에서 시작된 용기의 불씨는 점점 더 커졌다. 한 번도 생각지 못했던 일들에 뛰어들기 시작했다. 새로운 세상, 새로운 인생이 펼쳐졌다.

가진 것들을 잃을까 두려워 현재에 멈춰서 있던 사람들이 모두 나를 쳐다보기 시작했다.

그들은 내가 제정신이 아니라고 했지만, 한편 마음껏 도전할 수 있다는 용기에 부러워했다.

아이러니하게도,
잃을 것이 아무것도 없을 때
무엇보다 가장 커다란 것을 손에 쥐게 되었다.

손을 펴기만 하면

세상은, 수단과 방법을 가리지 않고 남을 깎아내리면 더 높은 곳에 오를 수 있다고 말했다. 비난은 남보다 자신이 우월하다는 것을 증명하는 효과적인 방법이라고 했다. 그렇게 우리는 남을 헐뜯어야 성장할 수 있다고 배웠고, 어떻게든 남을 밟고 올라가려고 애썼다.

하지만, 세상의 말을 듣고 우리가 할 수 있었던 성장은 딱 거기까지였다. 남을 헐뜯기 위해 사용된 비난이라는 도구는, 성장은커녕 더 커다란 비난만 만들어 냈다. 그 비난들은 서로를 찔러 그 누구도 성장하지 못하는 결과를 가져왔다.

이제는 우리가 먼저 그 순환을 끊어야 한다.

먼저 밟고 일어서기 위해 주먹을 쥔 손을, 삿대질하기 위해 꼭 쥐고 있던 손을, 활짝 펴기만 하면 된다. 그 손을 건네서 서로를 끌어주고 밀어주면서 함께 올라가면 된다.

가장 높은 곳에 홀로 외롭게 서 있는 게 아니라,
사람들과 함께 세상의 정상 위에서
손을 맞잡은 채 살기 위해서.

무작정 떠날 권리

끊임없이 꼬리를 무는 생각들로 인해 머리가 아파 잠을 제대로 이루지 못하는 날들이 있다. 마음에 상처가 난 탓일 테다.

이렇게 생각이 많아 머릿속이 복잡할 때면 나는 자연을 보러 간다.

끝이 보이지 않는 바다, 뭉게구름이 둥실둥실 떠 있는 맑은 하늘. 은은한 조명이 내리는 장소에서 하염없이 출렁이는 바다를 바라보며 서서히 모습을 감추는 태양의 노을을 기다리다 보면, 찰나의 순간이지만 나를 끊임없이 괴롭히던 생각들이 멈춘다.

인적이 드문 조용한 장소를 찾아 내가 좋아하는 잔잔한 음악을 들으며 커피 한 잔의 여유를 즐기다 보면, 찰나의 순간이지만 온몸이 나른해지면서 평온함이 가득해진다.

할 일이 태산인데도, 답변이 필요한 질문이 한가득인데도 불구하고, 복잡했던 생각이 조금이나마 정리가 되고 정신이 맑아지는 느낌이 든다.

무작정 어디론가 떠나 이 '잠시'라는 순간을 누리는 것이 우리에겐 때때로 간절히 필요하다.

어쩌면 당신이 세상을 바꿀지도

선이 달린 이어폰을 사용하던 시절, 선이 없는 이어폰이 있다면 참 좋겠다고 생각하곤 했다. 그때만 하더라도 참 어처구니없는 허무맹랑한 생각이라고 여겼다. 소리가 공기를 타고 귀로 전달된다는 것이 말이나 되는 소린가?

무선 이어폰이 출시되던 해, 세상에 이루어지지 않는 생각은 없다는 것을 느꼈다. 그저 이루어지는 속도가 조금 늦은 것일 뿐.

그래서 요즘엔 머릿속에 무언가 떠오르면 아무리 앞뒤가 맞지 않는 내용일지라도 일단 메모장에 적는다. 시간이 지나 아예 기억에서 잊히는 것보다, 적혀 있는 단어와 문장이 나에게 또 다른 영감이 되어 새로운 무언가로 재탄생하기 때문이다.

생각은 누구나 할 수 있지만, 행동에 옮길 수 있는 사람은 생각보다 많지 않다. 생각이란 스쳐지나가는 안개와 같아서 금세 머릿속에서 없어지곤 하니까.

머릿속에 스쳐 지나가는 생각과 감정들이 있다면, 아주 사소한 것이라도 일단 메모장에 적는 연습을 하고 시간이 오래 걸릴지라도 행동에 옮기려고 노력하는 것이 중요하다.

사람 일은 모르는 거다.
어쩌면 당신이 세상을 바꾸게 될지도.

말 한마디의 무게

잠들기 직전 침대에 누워서 사람들과 부딪히며 보낸 하루를 되새겨 보면, 마음에 깊게 와닿는 단어가 하나쯤 떠오른다.

나의 하루 전체에 영향을 끼쳤을 그 단어. 어떤 단어는 힘이 너무 세서 하루를 넘어 며칠이 지나도록 그 여운이 가시질 않기도 한다.

이렇게 사소한 말 한마디가 누군가의 마음속에 틀어박혀 정신을 흩트려 놓을 수 있는데도, 상대방의 기분을 고려하지 않은 채 하고 싶은 말을 막 하는 사람들이 꽤 많다.

자기 기분에 따라 말을 함부로 내뱉는 사람들이 그렇다. 말뿐인데 어떠냐며 쉽게 말하지만, 아무 생각 없이 내뱉은 말이 누군가의 하루를 요약하는 단어가 될 수도 있기에 조심해야 한다.

말은 마치 산불처럼 번져나가기도 한다. 한 사람이 자신의 기분에 못 이겨 좋지 못한 말을 내뱉으면, 그로 인해 주변 사람들의 기분이 나빠지고, 그 부정적인 기분으로 인해 또 다른 나쁜 말들을 낳는다.

한 사람의 하루를 망칠 수도 있고, 여러 사람의 하루를 망칠 수도 있는, 그리고 그 하루가 여러 날이 되게 할 수도 있는 말 한마디의 무게.

아무리 가볍게 뱉더라도,
말 한마디의 무게는 결코 가볍지 않다.

당신은 노을을 닮았다

문득 노을을 보게 되었다.

해가 지는 것인지 뜨는 것인지
알 방법은 없었지만,
노을은 한없이 아름다웠다.

그러니 혹여 당신이
잠시 멈추어 버렸다 해도,
낙담하지 않아도 되지 않을까.

진짜 잃어버린 것

어둠 속에서 길을 잃은 나는
관심을 위한 선율을 내리며
거짓 위에 집을 짓고 있었다.

문득 돌아보니 잃어버린 것은
길이 아닌 나 자신이었다.

공감이라는 말

공감이라는 말이 좋다.

그 단어의 움직임에는
세상에 존재하는 모든 감정이 담겨 있다.

그 단어의 내면에는
눈에 보이지 않는 따스한 손길이 있다.

짧은 한마디에 모든 사랑이 담겨 있다.

4장

나에게

온기를

보낸다

당신 마음이 늘 따뜻하면 좋겠다.
그 첫걸음은 자신에게 따뜻한 말을 하고
그것을 따뜻하게 받아들이는 것이다.

나를 싫어한 건 항상 나였다

나를 좋아하지 않았던 시절이 있었다. 행동, 표정, 말투, 능력 등 어떤 것 하나 마음에 들지 않았다. 온통 단점들만 눈에 들어왔다.

다른 사람들에게는 한없이 관대했다. 그들도 모르던 장점들을 찾아 주기도 했고, 그들의 단점에 예쁜 장식을 달아 또 다른 장점으로 만들어 주기도 했다.

다른 사람들에게서 좋아하는 구석을 잔뜩 발견한 날, 한껏 칭찬하고 사랑을 전해 준 날, 그들의 만족스러운 얼굴을 보고 문득 생각이 들었다.

나는 왜 스스로에게는 관대하지 않았느냐고. 남에게서 찾아낸 장점은 내게도 있는 것들이었는데 그건 왜 살펴보지 않았냐고. 나의 장점은 보지 않고 단점만 찾으니 자존감이 떨어질 만도 했다고.

그래서, 지금까지 찾아보지 않았던 나의 장점을 종이에 적어 보기로 했다. 거창하지 않더라도 생각나는 사소한 것들을 몽땅 적었다.

나는 젓가락질을 잘했고, 많은 책을 읽었다. 잠을 얌전하게 잤고, 양치질을 꼼꼼하게 했다. 시간 약속을 잘 지켰고, 주변 환경을 깨끗하게 유지했다.

다른 사람의 눈에는 크게 장점처럼 보이지 않는 것들이라도 내게 긍정적으로 느껴지는 것들을 모두 적어 보니 장점이 아주 많았다.

그제야 깨달았다.

나는 이대로 충분히 괜찮은 사람이라는 것을. 억지로 무

언가를 바꾸려고 하지 않아도 내겐 이미 수많은 장점이
있었다는 것을.

내가 남에게서 무수한 장점을 발견할 수 있듯, 나 자신에
게서도 반짝이는 장점들을 헤아릴 수 없이 잔뜩 찾아낼
수 있다는 것을.

미지근한 마음을 유지하는 까닭

모든 것에 발휘할 수 있는 최대한의 열정을 쏟아내는 게 좋다고 생각하며 살아왔다. 시원찮게 관심을 주어 이도 저도 아닌 상황이 되느니, 모든 관심을 주어 확실하게 나의 것으로 만들려 했다.

열정의 대상은 학업이나 일, 혹은 취미가 되기도 했지만, 때론 주변 사람이 되기도 했다. 그때 문제가 생겼다. 나의 열정이 종종 '집착'이라는 단어로 변질되어 나의 귀에 되돌아오곤 한 것이다.

분명 좋은 의도를 가지고 열정을 갖고 행동한 건데, 상대의 온도를 고려하지 않은 채 나의 열정을 대상에게 밀어

넣었던 것이 문제였다.

이제는 마음의 열정을 너무 뜨겁게 하지 않으려고 꽤 신경을 쓰고 있다. 상대의 온도를 배려하고, 나 자신의 마음을 보호하기 위해서다. 나의 온도를 낮추면, 가는 대답에도 돌아오는 대답에 누구도 화상을 입을 걱정은 하지 않아도 될 것이었다.

그렇게, 서로에게 데이면서 뜨거움보다는 따스함이, 따스함보다는 미지근함이 좋아졌다. 뜨겁게 달아올랐다 금세 식어버리는 것보다, 뜨겁지도 차갑지도 않은 애매한 온도로 미적지근하게 오래 지속되는 것이 점점 더 좋아지고 있다.

세상 그 어떤 것도

세상 어느 하나 쉬운 것 없습니다.
사소해 보이는 모든 것도,
넘어가려면 신경을 써야 합니다.

세상 어느 하나 사소한 것 없습니다.
쉬워 보이는 모든 것도,
넘어가려면 노력을 해야 합니다.

하지만 잊지 마세요.
세상 어느 하나 넘어가지 못할 것도 없다는 것을.

외로운 이정표

눈앞에 아무도 보이지 않는다 하여
부디 좌절하지 말아 주세요.
당신이 선두여서 그렇습니다.

뒤돌아보지 않고 힘껏 달려왔으니
몰랐을 수밖에 없습니다.

저는 그런 당신이 오히려
자랑스럽습니다.

그래서 당신을 알아주고 싶다

인생을 살다 보면 울퉁불퉁하고 가파른 오르막길을 걷게 되는 순간이 온다. 이 순간이 오면 더 이상 버틸 수 없을 만큼 지치고 힘들기에 모든 것을 내려놓고 싶게 된다.

하지만 '포기'라는 단어를 입에 쉽게 담을 수 있는 사람은 없다. 저마다의 어깨에 짊어지고 있는 짐이 하나쯤은 있으니까. 아무리 힘들어도 어깨에 짊어진 자신의 소중한 것을 위해서 참고 견디고 버틸 테니까 말이다.

하지만, 그런 당신의 노력을 알아주는 사람이 없으니 서운하고 속상하겠지.

그래서 당신을 알아주고 싶다.

모든 것을 내려놓고 싶다는 생각이 머릿속에 한가득일 것이 분명한데, 행복하다는 듯이 모든 사람에게 상냥한 미소를 지으며 다시 달려나가는 당신은 정말 말로 표현할 수 없을 만큼 대단하다.

가혹한 삶의 늪에서 몸부림치며 몸과 마음이 모두 상처투성이가 되었을 것이 분명한데, 아무 일 없다는 듯이 손을 털고 다시 달려나가는 당신은 정말 존경받아 마땅하다.

당신은 대단한 사람이다.
당신은 세상에서 제일 멋진 사람이다.

나와 같은 사람은 없다

스트레스 대부분은 인간관계에서 온다고 해도, 나 자신은 아닐 거라 여겼다. 스스로를 유들유들한 사람이라고 생각하여 인간관계로 스트레스받을 일은 거의 없을 거라고 생각했다.

대학교에 입학하는 순간 나의 생각이 산산조각이 나 버렸다. 사람은 모두 비슷할 것이라 생각한 게 화근이었다.

전국 각지에서 흩어져 살다가 한데 모인 학생들의 성격은 너무나도 달랐다. 지역마다 가진 고유의 특성이 호감과 비호감을 나누는 기준이 된다는 것도 처음 알게 되었다.

모두가 사이좋게 지내었으면 하는 바람으로 중재자 역할도 해보았으나, 결국 모든 노력이 스트레스가 되어 나에게 되돌아왔다.

현명하지 못했다. 세상에 수많은 사람이 존재하는데 모든 사람이 나와 대화가 잘 통할 리가 없었다. 나와 다른 사람에게 나와 같은 생각을 바라는 것은 어쩌면 바보 같은 짓인 게 당연했다.

이제는 깨달았다. 모든 사람이 다 다르다는 것을. 나와 맞지 않는 사람까지 억지로 맞춰 가며 안고 가는 것보다 나와 맞는 사람만 데려가는 것이 속 편하다는 것을.

슬픔 뒤에는 기쁨이 온다

과거를 회상할 때면 정반대의 기분이 들 때가 많다. 고난과 역경의 순간을 기억하며 나도 모르게 피식 웃음을 짓기도 하고, 행복했던 순간을 떠올리며 왈칵 눈물을 흘리거나 물 밀려오듯 오는 후회에 몸부림칠 때도 있다.

우리의 인생이 행복과 슬픔의 조화가 적절하게 이루어지도록 설계된 탓일 것이다.

그러니, 지금 슬퍼하고 있어도 지나치게 슬퍼하지 않았으면 한다. 당장은 아플지라도 언젠가 그 일이 당신에게 웃음을 안겨줄 테니.

만약, 지금 웃고 있다면 그 행복을 놓치지 말고 한껏 만 끽하면 좋겠다. 지금의 일이 언젠가 당신을 눈물짓게 할 지도 모르니.

그렇게 당신에게
슬픔과 기쁨의 조화가 일어날 테니.

해보지 않으면

목소리가 굉장히 좋은 친구가 한 명 있었다. 나는 그를 만날 때마다 가수를 하든 성우를 하든 타고난 음색으로 무엇인가에 도전해 보라고 항상 권유하곤 했다.

이미 직장이 있었던 친구는, 타고난 능력이 아무리 좋아도 본업을 바꾸는 건 위험하다며 도전을 꺼렸다.

그러던 어느 날, 친구는 SNS의 힘을 빌려 자신의 목소리를 담은 짧은 동영상을 하나둘 찍어 올렸다. 놀랍게도 그 영상에 대한 반응은 폭발적이었다. 점점 입소문이 나더니 어느 순간 정점을 찍었다.

도전했다는 사실과 그에 대한 사람들의 반응에 행복해하는 친구에게, 누군가가 물었다. 어쩌다 그런 용기가 났느냐고.

돌아온 대답은 허무하게도 '나도 잘 모르겠다'였다.

이렇듯, 살다 보면 가끔씩 무작위로 튀어나오는 감정들이 우리의 용기가 되어 추진력을 높여주곤 한다. 어쩌면 충동적인 행동이라고 말할 수 있는 이것이, 돌이켜보면 하늘이 준 기회일지도 모른다.

만약 당신에게도 무작위로 용기가 튀어나오는 날이 생긴다면, 절대로 주저하지 말고 그것이 무엇이 되었든 도전해보라고 말하고 싶다.

실패는 분명 두려울 테지만,
실패를 겪는 힘듦보다
도전하지 못한 데서 오는 후회가 더 클 테니.

살다 보면 알게 되는 것들

살다 보면 알게 된다.
내 사람 몇 없다는 걸.

이유 없이 잘해 주면 알게 된다.
누가 나를 이용하려 하는지.

늦게 출발해 보면 알게 된다.
누가 앞에서 손을 건네주는지.

뒤돌아보면 알게 된다.
누가 나를 걱정해 주는지.

끝까지 달려보면 알게 된다.

누가 마지막까지 곁에 있어 주는지.

살다 보면 알게 된다.

내가 누굴 위해 달리는지.

행복에 정답은 없다

행복이란 말이 변질되고 있다. 행복은 각자의 고유한 영역인데, 어느 순간부터 행복을 위해서는 마치 세상이 정해 놓은 답을 따라야 하는 듯해 보인다. 잘못돼도 한참 잘못되었다.

그래서 누군가가 조언을 구할 때면, 나는 어떻게 해야 한다고 나의 답을 말해 주기보다는, 어떻게 하면 좋겠냐고 되묻곤 한다.

먼저 그 문제에 대해 스스로가 생각하고 선택할 기회를 주는 것이다.

비록 그것이 사회가 정한 행복의 범위에서 벗어난다고 하더라도 말이다.

보여주기식의 행복보다는 차라리 불행해 보여도 자신만의 행복을 선택했으면 좋겠다는 마음에서다.

행복에는 정답이 없으니까.
자신의 행복은 자신만이 아는 것이니까.

허탈

하늘아

나는 분명

네가 무너지는

느낌을 받았는데

어찌하여 너는 그렇게

아무렇지 않은 듯 있느냐.

그동안 많이 참았다

한숨에 무게가 실린 것을 보니
그동안 고민이 많았구나.

눈시울이 붉어진 것을 보니
그동안 많이 참았구나.

나도 알고 당신도 아는데
세상이 그걸 몰라준다.

진정한 준비

어디선가 종종 들었던 명언이 있다.

"기회는 자주 오지 않으니, 기회를 사로잡을 준비를 하고 있어라. 준비된 자만이 기회를 잡을 수 있을 테니."

나는 이 말을 '모든 기회를 놓치지 말라'는 뜻으로 받아들였다.

어리석었다. 나의 능력이나 상황과 환경은 전혀 고려하지 않은 채, 무턱대고 기회만 잡으면 된다고 생각했다. '기회를 잡을 수 있는 것' 자체가 준비된 상태라고 여겼다.

의미 없는 기회를 잡길 수차례, 나의 꼴은 말이 아니었다. 아무 소득도 없이 시간과 에너지, 사람까지 잃고 말았다.

그제야, 진정 '준비된 자'는 단순히 기회를 잡을 준비가 된 자가 아니라, 잡은 기회를 실현할 용기와 능력이 있고, 적절한 상황은 맞는지를 파악해서 기회를 잡을 수 있는 자임을 알게 됐다.

진정 의미 있는 기회 앞에서는
반드시 망설임이 필요하다는 것을 깨달았다.

단어에는 온도가 있다

수치로 표현할 수는 없지만, 말이 귓등을 타고 넘어올 때 온기가 느껴질 때가 있다. 꼬옥 안아주는 포옹으로는 절대 느낄 수 없는 또 다른 따스함이 있다. 이 온기는 얼어붙었던 영혼을 섬세하게 어루만져 준다.

한없이 차가운 말도 존재한다. 한겨울의 얼음보다 더 차갑고 날카로운 말. 그 차가움은 멀쩡했던 영혼에 쉽게 상처를 입힐 수 있고, 혹은 마음의 문을 평생 닫게 만들 수도 있다.

중요한 것은 단어의 온도를 화자가 결정하지 않고 청자가 결정한다는 것이다. 듣는 사람이 단어의 온도를 느끼고 결정한다. 사소한 말일지라도 듣는 사람이 차갑게 느낀다면 마음을 전부 얼어붙게 할 수 있는 차가운 말이 되는 것이다.

자기 자신에게 건네는 말도 예외는 아니다. 자기 자신에게 무심코 건넨 말 한마디일지라도 마음이 그것을 차갑게 받아들인다면 가슴속에 박혀 극심한 고통을 초래할 수 있다.

그래서 스스로에게 말을 건넬 때는 더 신중할 필요가 있다. 스스로의 마음에 상처가 되지 않는, 마음이 얼어붙지 않을 수 있는 따뜻한 말을 자기 자신에게 하는 습관을 들여야 한다.

당신의 마음이 늘 따뜻했으면 좋겠다.
그 첫걸음은 자신에게 따뜻한 말을 하고,
그것을 따뜻하게 받아들이는 것이다.

마음보다 어려운 게 있을까

나는 사람에게 마음을 쉽게 열지 않는다. 함께 어울리는 것이나, 모여서 수다 떠는 것도 별로 좋아하지 않는다.

그런데, 내가 마음을 활짝 열게 된 친구들이 있다. 그들 앞에 서면, 잔뜩 신이 난 강아지처럼 반가워하며 정신없이 떠들게 된다. 꼬리가 있다면 눈에 보이지 않을 정도로 빨리 흔들고 있을 테다.

그 친구들에게 마음을 열게 된 시점을 떠올려 보면, 속 깊은 대화를 나누고 난 뒤였다. 그렇게 공감대를 이루게 된 사람들에게는 굳게 닫힌 마음도 쉽게 열렸다.

시간과 돈은 전혀 상관이 없었다. 오래 알았다거나 많은 시간을 함께했다거나, 혹은 많은 돈을 내게 쓰거나 내가 쓰거나 했어도 꿈쩍하지 않던 마음이, 따뜻한 공감 한 번에 열리곤 했다. 몸으로 하는 공감인, 다정한 포옹에도 마찬가지였다.

다시 생각해 보니, 그럴 만도 했다. 시간과 돈은 누구나 가지고 있지만, 진심 어린 공감은 아무나 가지고 있지 않으니까.

마음이 열리는 건 생각보다 어려운 일이 아닐지도 모른다. 오직 필요한 건, 깊숙하게 자리한 나의 마음을 꺼내어 상대의 마음과 마주하는 것인지도 모르겠다.

여기서 잠깐

당신의 인생을 나타내는 단어 중에
부정적인 단어가 더 많았다면,

앞으로 꺼내야 할 단어들에는
좋은 단어만 남았다는 뜻입니다.

그동안 힘들었을 테니
잠깐 쉬어 가면 됩니다.

이제부터 시작이니까요.

당신에게 전하고 싶은 말

무심히 던진 사소한 말 한마디가
누군가의 인생을 바꾸어 놓을 수 있다.

아무 생각 없이 나온 말일지라도
상대방이 간절하게 듣고 싶었던 말이었다면
그 사소함은 소중함이 된다.

그런 의미에서, 당신에게 해 주고 싶은 말이 있다.

당신은 정말 아름답다.
세상에서 제일 소중하다.
그 누구보다 완벽하다.

나로 살 용기가 부족했다

가면이라는 단어를 썩 좋아하지 않는다. 함께 어울려 살기 위해서 가면을 써야 할 때도 있지만, 지나치게 쓰면 영영 벗지 못할 수도 있기 때문이다.

가면을 쓰는 게 일상화된 사람들은, 좋은 사람으로 보이기 위해 싫다는 말을 입에서 꺼내 본 적이 없으며, 타인을 의식하느라 가진 것이 없어도 베푼다.

이들은 약한 사람으로 보일까 두려워, 힘이 들어도 힘든 척을 하지 않으며, 눈물이 나올 만큼 슬픈 상황이 와도 항상 해맑게 웃는다.

본 모습을 숨긴 채 가면을 쓰는 까닭은 사랑에 목이 말라서일 것이다. 항상 사랑받기 위해, 사랑을 받을 만하게 꾸며 놓은 가면을 벗지 못하는 것이다.

자신의 감정을 꾹꾹 억눌러 가면서, 하고 싶은 말을 삼키면서. 그렇게, 본 모습을 송두리째 잃어버릴 위험을 감수해 가면서.

이제는 가면을 벗고 맨얼굴을 드러내면 좋겠다.
본 모습도 충분히 사랑스러울 테니까.
그 모습까지 사랑해주는 사람이 분명 있을 테니까.

대화에는 쉼표가 필요하다

대화는 정말 어렵다. 대화하는 건 글을 적는 것과는 달리, 상대방의 마음을 헤아릴 틈도 없이 입 밖으로 말을 내뱉어야 하기 때문이다.

이미 내뱉어진 단어들은 주워 담을 틈도 없이 그대로 상대의 귀를 타고 들어가 종종 날카로운 가시가 되어 마음속에 틀어박히곤 한다.

쉴 새 없이 많은 단어가 오가기에, 배려의 말이 간섭으로 받아들여지기도 하고 위로의 말이 비난으로 전해지기도 한다.

이렇게 켜켜이 쌓인 오해는 그 의도가 무엇이든 간에 상관없이 서로를 좀먹고 만다.

그래서, 대화를 할 때는 상대방의 마음을 헤아려 본 뒤에 그의 입장에서 말을 꺼내는 것이 좋다. 내가 어떤 표현을 하든, 어떤 의도로 했든, 나의 입장만 생각하고 말을 하면 상대방이 거칠게 받아들일 수도 있기 때문이다.

표현하는 방식이 다르듯 받아들이는 방식도 서로 다르기에, 대화를 할 때는 서로의 마음을 헤아릴 시간이 반드시 필요하다.

우리의 뒷모습은 아름답다

모든 것을 포기하고 싶을 때 노을을 지켜보는 습관이 있다. 아름다운 하늘을 올려다보며 위로받고 싶었던 걸지도 모르겠다.

모든 것을 포기하려는 태양이, 우연한 시간과 우연한 공간에서 오히려 더 큰 존재감을 만들어낸다.

모든 것을 포기하려는 나도, 우연한 시간과 우연한 공간에서 오히려 더 큰 존재가 될 수 있지 않을까. 우연한 사람과 우연한 만남으로 오히려 더 소중한 존재가 될 수 있지 않을까 생각했다.

태양이 하늘을 떠나려는 그 순간, 비로소 태양의 아름다움이 '노을'이라는 단어에 담긴다. 그동안의 눈부신 노력까지.

그래서 나는 노을이 좋다.
태양의 뒷모습이 아름답듯,
나의 뒷모습도 아름답길 바란다.

고집은 상처의 또 다른 말이었다

강아지처럼 꼬리를 흔들며 사람 만나는 것을 좋아하던 시절이 있었다.

많은 사람과 만나며 대화하는 것이 즐거웠다. 허전한 마음이 채워지는 듯했다. 그렇게 내 마음을 채워 준 사람에게 마음을 쉽게 열었고, 조금이라도 신뢰가 생기면 그를 전적으로 믿고 따랐다.

하지만 세상을 살다 보니, 앞에서는 웃고 뒤에서는 욕을 하는 사람은 기본이었고, 평생 함께할 것만 같던 사람도 순식간에 신뢰를 잃고 남이 되곤 했다.

그렇게 별의별 사람들에게 수많은 상처를 받아서일까. 고집이 하나 생겼다. 누가 되었든 절대로 남을 믿지 말자는.

남을 믿지 않겠다는 건 고집이라기보다는 순전히 내 마음이 부서지지 않도록 보호하기 위한 행위였다.

상처받지 않기 위해 나에게 다가오는 모든 대상에게 칼날을 겨누는 셈이지만, 사실 누구도 믿을 수 없게 되기에 나에게 긍정적인 행위는 아니었다. 마치 양날의 검과 같았다.

하지만 인생을 살다 보면 어쩔 수 없지 않겠는가.
필연적으로 한 가지 고집이 생기는 것이.
아니, 한 가지 상처가 생기는 것이.

마음의 상처는 용기를 앗아간다

많은 사람이 몸이 힘든 일을 피하려고 한다. 힘들고 숨이 차고, 땀이 나고, 몸에 상처를 입을 수도 있으니까.

그러나, 나는 몸이 고된 일을 마다하지 않는 편이다. 몸을 쓰면 폐활량이 좋아지고, 근육이 성장하여 더 건강한 몸이 되기 때문이다. 설령 몸에 상처가 나더라도 시간이 지나면 치유가 된다.

반면, 마음이 힘든 일은 최대한 피하고자 한다. 힘들어서 숨이 찰 일도, 땀이 날 일도, 몸에 상처가 날 일도 없다는 장점이 있지만, 마음에 문제가 생길 수 있기 때문이다.

마음에 문제가 생기면, 정신은 혼미해지고 잡생각이 많아진다. 깊이 묻어 두어야 할 괴로운 일들이 생길수록 정신은 더 피폐해지다. 차마 묻지 못한 아픈 마음들은 종종 떠오르며 앞으로의 선택에도 나쁜 영향을 주기도 한다.

몸보다 마음에 신경을 쓰는 가장 큰 이유는 무엇보다도, 몸에 생긴 상처와는 다르게 마음에 생긴 상처는 치유되지 않는다는 사실 때문이다. 박혀 있는 못을 빼냈다고 못의 흔적이 지워지지 않듯, 마음속에 생긴 구멍은 시간이 지나도 없어지지 않는다.

당신도, 몸이 아니라고 하여, 보이지 않는다고 하여, 마음에 상처가 생길 일을 쉽게 하지 않았으면 한다.

보이지 않아서 더욱 소중한 것

손에 쥘 수 없는 아련한 것들을 좋아한다. 사랑, 슬픔, 미소, 행복 같은 것들에는, 형상이 있는 것들이 가지지 못한 저마다의 특별한 울림이 있다.

손에 쥘 수 없기에, 저마다의 값어치를 매길 수 없지만, 신기하게도 우리의 마음속에는 그것들의 값어치가 이미 매겨져 있다.

손에 쥘 수 없기에, 익숙함에 속아 잃어버리곤 하는 소중함이 쉽게 퇴색되지 않기도 한다. 형상이 없어 조금이나마 그 익숙함에 얄팍해지기 때문일지도 모른다.

그렇게, 세상에는 손에 쥘 수 없어서 더욱 특별해지는 것들이 있다.

그래서일까, 나는 당신의 미소가 참 좋다.
당신의 미소는 정말 소중하다.

말 한마디가 눈물이 될 때

힘들었냐는 말 한마디에
나는 그만
눈물을 쏟아냈다.

슬퍼서가 아니라
드디어 나를
이해해 주는 사람이 나타나
행복했다.

버려야 할 마음

드넓은 바다의 깊이가 가늠되지 않았다.
내가 내려놓아야 할 마음의 일부도 그랬다.

출렁이는 파도의 높이가 가늠되지 않았다.
내가 버려야 할 마음의 크기도 그랬다.

일렁이는 물결의 온도가 가늠되지 않았다.
내가 두고 갈 마음의 열기도 그랬다.

행복은 이미 당신을 기다리고 있다

붉게 물든 노을을 절경이라고 감탄하던 때가 언제인지 기억이 흐릿하다. 세월이 노을을 따라 흘러갔나 보다.

세월이 흐른 것에 아쉬운 마음은 없다. 행복이 그리 멀리 있지 않다는 것을 배우게 되었으니까.

전에는 행복이 멀리 있다고만 생각했다. 자신의 목표를 달성하고 부와 명예를 얻어야만 행복할 거라고 생각했다.

하지만, 목표를 달성해 부와 명예를 얻었을 때 느껴졌던 감정은 행복이 아니라 찰나의 순간에만 느껴지는 기쁨에

불과했다. 찰나의 기쁨은 또 다른 현실의 벽을 마주하니 연기처럼 금세 사라졌다.

허망한 마음에 멀리 두었던 시선을 거둬들이고 나니, 그 토록 찾아 헤매던 행복은 생각보다 가까이에 있었음을 발견할 수 있었다.

사랑하는 사람과 함께 밥을 먹는 것, 소중한 사람과 가끔 만나 그동안의 안부를 묻는 것. 멀리서 찾지 않아도 되는 일상의 소소한 일들이 부와 명예 따위와는 비교도 할 수 없는 진짜 행복이었다.

당신도 멀리서 행복을 찾으려 하지 않았으면 좋겠다. 시선을 잠시 주변으로 돌리면 어렵지 않게 행복해질 수 있을 테니까.

무엇이 되지 않아도,
무엇을 해내지 않아도,
행복은 이미 옆에서 당신을 기다리고 있다.

얼떨결에 책을 쓰게 됐다. 책을 쓰게 된 배경은 이렇다. 서비스 업계에서 오랫동안 종사했는데, 사람을 상대하는 직업이다 보니 사람들에게 좋은 인상을 남겨주기 위한 가면을 쓰고 일을 했다.

세상에는 수많은 사람이 있고 똑같은 성격의 사람은 존재하지 않는다. 그렇기 때문에 마주하는 사람의 수만큼 가면의 개수도 늘어갔다.

어느새 자신을 돌아보니 내가 원하는 모습으로 살아가기보다 사람들이 원하는 모습으로 살아가고 있었다.

내 모습을 찾기 위해 여러 방법들을 사용해 봤다. 그중에서 가장 효과적인 방법은 내가 좋아하는 것과 싫어하는 것을 솔직하게 글로 적어 내리는 것이었다.

남들에게 하지 못할 말들은 어차피 입 밖으로 꺼낼 수 없으니, 입 밖으로 꺼낼 수 없다면 마음속에서라도 꺼내 보자는 생각으로 글을 쓰기 시작했다.

가면을 한 꺼풀씩 벗어던지며 그에 맞는 글을 적어내리다 보니, 가면의 무게가 줄어들어서인지 마음이 점점 편안해졌다. 가면을 모두 벗어던지고 나의 모습을 오롯이 마주한 순간, 그동안 쌓여온 글들이 모여 한 권의 책이 되었다.

글로 승화된 가면들을 책으로 만들어 보자고 권한 출판사에 세상에 둘도 없을 진중한 감사의 말을 전한다. 그리고 글을 적어 내릴 이유를 만들어 준 다람쥐에게 고맙다고 전하고 싶다.

덕분에, 나에게 먼저 좋은 사람이 되기로 했다.

나에게 먼저 좋은 사람이 되기로 했다

초판 1쇄 발행 2022년 08월 22일
초판 5쇄 발행 2024년 03월 06일

지은이 윤설
펴낸이 이부연
책임편집 박서영
마케팅 백운호
디자인 김윤남

펴낸곳 (주)스몰빅미디어
출판등록 제300-2015-157호(2015년 10월 19일)
주소 서울시 종로구 내수동 새문안로3길 30, 대우빌딩 916호
전화번호 02-722-2260
인쇄·제본 갑우문화사
용지 신광지류유통

ISBN 979-11-91731-29-3 (03810)

한국어출판권 ⓒ (주)스몰빅미디어, 2022